何 璋 ———— 著

星辰的侧影

XINGCHEN DE CEYING

四川文艺出版社

图书在版编目（CIP）数据

星辰的侧影 / 何璋著. — 成都：四川文艺出版社，
2025.7. — ISBN 978-7-5411-7282-3

Ⅰ . I267.1

中国国家版本馆CIP数据核字第2025K7Y012号

XINGCHEN DE CEYING

星 辰 的 侧 影

何璋 著

出 品 人　冯　静
责任编辑　朱　兰　蔡　曦
封面设计　魏晓舸
内文制作　史小燕
责任校对　段　敏
责任印制　崔　娜

出版发行　四川文艺出版社（成都市锦江区三色路238号）
网　　址　www.scwys.com
电　　话　028-86361802（发行部）　028-86361781（编辑部）

印　　刷　成都蜀通印务有限责任公司
成品尺寸　145mm×210mm　　　开　　本　32开
印　　张　7.75　　　　　　　　字　　数　150千
版　　次　2025年7月第一版　　印　　次　2025年7月第一次印刷
书　　号　ISBN 978-7-5411-7282-3
定　　价　58.00元

星　辰　的　侧　影

目录

......

序

    首先要说的是本书的名字。斯蒂芬·茨威格有一本很有名的书，叫作《人类群星闪耀时》，如你所知，星辰的美丽与光芒绝大多数为男性所占据。当然这绝非茨威格性别取舍上的歧见，精神攀爬的高度和成就是他的重要指标。可是借着这个标题转念一想，就发现，在古老中国悠远的文明之河中，我们的赞歌与笔墨也多半给予了男性，而那些留下名姓的女子，多数是以依附的姿态出现的，在男性铁血世界、风霜政治、笔墨风云的外围，只有关于她们一鳞半爪的叙事，连零缣断素的褒贬也是服务性质的。她们不是以星辰的姿态出现，只是那些男性的一个侧影而已。

    当然，你也可以这样想，数千年光阴中能留下姓名的女子，本身即如星辰般熠熠生辉，唯一遗憾的是古代的刀笔吏对她们有着苛刻的审判和吝啬的笔墨，所以，你看不到那些星辰的全貌，只能在零零碎碎的记录中延伸想象的触角。我想，这当是书名的另外一解。

至于为什么要写这本书？其实，最初的动机只是"致用"罢了，因为想在网上找这方面的书目，一时没找到，就只好自己动笔了，写了几篇觉得有意思便连续地写了下来。写的这些女性，总的来说，选择上也没有宏大的目的和冷峻的标准，单就浅薄的见识里搜罗些熟悉的名字，择一二印象深刻处稍作点评就是一篇感性的文章了。

还有就是写作本身。本书总归还是"虚构的修辞学的造物"，因为材料的有限，视野的局限，便不敢妄论学术。随性写作，大有孔夫子"绘事后素"的意思，单纯就是喜欢那种表达的快感，在键盘的敲击中，汉字发生奇妙的组合，时不时会有一种创造的乐趣。尤其是看着空白处，被汉字填满，有眼观生长之乐趣，有不息之希望，只要敲击下去，乐亦无穷也。尤其是这些文字背后，都是人，是故事，她们的形象被文字慢慢描画、同情和理解，在我的心里她们就生动起来，她们的喜怒哀乐就冲击着我的内心，可歌哭哀叹，可惊喜妙赞，这种体验是心灵世界一种自足的欢喜。

但是，在写作将要结束的时候，我也思考着一些严肃的问题。时代的变化改变了太多东西，但关于人基本的内容似乎千年如一，万年不变，幸福、权力、欲望、精神、独立等这些命题，依然是今人的命运考验与价值探问。尤其是在我们民族，文化的绵延不绝养成了群体性的记忆方式，一个人物、一个典故、一个物件都可以让我们在共同的文化记忆中找到归宿和依托。然而，遗忘是记忆的敌人，尤其是在愈加丰富的世俗诱惑面前，回忆逐渐成了奢望。

空间化可以说是当代人的真正视界，尤其在所谓的后现代，人们越来越没有时间去回忆，去思索，每天在电视机前和因特网上面对广告和新闻，看体育比赛的现场直播，甚至可以与正在发生的重大历史事件保持同步接触，通过凤凰台即时看到飞机撞向世贸大厦，感受到的正是人类空间的共时性在压迫自己。（吴晓东《从卡夫卡到昆德拉——20世纪的小说与小说家》）

时间的深度在慢慢丧失。人们在地铁上、在公交车上、在机场候机厅、在城市的大街小巷和乡村的田家小院，随处可以听到抖音等视频软件中发出的夸张的笑声。人们也越来越喜欢"独处"，只需要一部手机，就可使人摆脱空间的束缚，与天下人共时、共见、共分享，在封闭的空间与众同欢，人们越来越没有时间慢慢生活、慢慢触摸历史，没有时间与记忆联手去感怀过去和思考现在。只有在恍然抬头的一瞬，才发现时间流失殆尽。

　　吴晓东老师说："为什么我会经常感到烦躁？以前以为是情绪问题，现在才知道是生存方式空间性的原因。当代人焦虑、不安的深层原因或许正在这里：时间的纵深感没有了，心理的归趋和稳定感也就没有了。"本书中写的内容都是历史的陈迹，是久远的人物和故事，但正如前面所说，人存在的基本内容是不变的，看见她们、思考她们，历史的镜像依然可以清晰地映照我们当下的生活态度。珍惜历史的记忆，让我们在愈加宽广的生活空间里收获记忆的厚重、参照和依傍。

　　每个时代有每个时代的困境，每个时代都在为下一个时代积蓄经验和价值，没有迷茫的时代，只有迷失的记忆。

2023.12.12

第一辑

幸福的密码

在清澈的地方靠岸

　　如果以江河为喻，我们总能看到事物源头清澈的一面。那时候，它不浑厚、不磅礴，不足以气吞山河。而那些顺水之舟则原路难返，再也找不到一处清澈的地方靠岸。

　　《诗经》时代的女子就是那清澈的源头，那种快乐、简单、热烈，一切都在后世的极致与病态之外。《郑风·褰裳》讲述的是谁的故事，今天的人们已无从知晓，唯一可以确认的是她们尚活在顺乎天性的时刻，她们无从知道这样可贵的时刻会在以后漫长的岁月中被侵蚀被毁坏，会成为后来很多女子克己之下一丝犯罪似的向往。

　　　子惠思我，褰裳涉溱。子不我思，岂无他人？狂
　　童之狂也且！　子惠思我，褰裳涉洧。子不我思，岂无
　　他士？狂童之狂也且！

　　"子"该是一个幸福的男子，遇到这样一个大方、自然又

朴实的姑娘，会少掉很多心事上的犹疑、试探、猜测甚至误会。"子惠思我，褰裳涉溱"这两句如果翻译成现代口语，大约就是：你呀，如果想我，就赶紧提衣涉水来找我吧。我们深知，缺少遮蔽的事物有时候是丑陋的，能这样大胆地扯掉言语的遮蔽，要么至暴，要么至美。女孩的至纯至美在此毫无遮拦地呈现出来，搞不好那个男孩子倒还要羞涩一下，必然有种陡然被热烈所灼烧时的惊慌。姑娘继续调皮地说："子不我思，岂无他士？"如果换一处语境真的会有种威胁的怨意，但这里我们感觉不到丝毫的不和谐，她是调皮的语调，招人亲近得很。"狂童"大约是那个时候流行的爱称，类似于"傻小子"之类。中国语言微妙之处就在此，真实的意图只有在一种饱和的情境中才能全面显现——傻小子，快来找我吧！别再犹豫啦！

还有一个活泼的姑娘也时常在大河文明的源头展露她娇俏的身影，那是在《邶风·静女》中，一场约会的到来那么古典又那么现代。

静女其姝，俟我于城隅。爱而不见，搔首踟蹰。静女其娈，贻我彤管。彤管有炜，说怿女美。自牧归荑，洵美且异。匪女之为美，美人之贻。

　　这个纯洁美好的姑娘以娴静为锦，以活泼为花，锦上添花相得益彰。毫不违和的性格只有在情郎面前才可以放肆而大胆地表达出来。尽管千年之遥，我们依然可以就此悬想那个饱满了悸动与爱意的墙角，她在微笑着、等待着，一定按捺着激动的心情、闪动着灵动的眼睑，然后就那么调皮地看着"搔首踟蹰"的爱人，这场面那么朴实、生动，依然可以活在并实现于我们当下的生活里。

　　真实的人往往有着丰富的内在，娴静或调皮都不是扁平的存在，正如诗句本身并不以无味的重复歌咏人物，它以变化获得续行的力量。娴静的姑娘在调皮之后有自己独有且细腻的性格笔调，她的纯真在于意而不拘泥于物，所以彤管和荑既朴素又丰厚，这些天地之物所达成的情义塑造是那样完美，已经大大逾越了今天黄金钻戒所隐伏下的精神鸿沟。而末句"匪女之为美，美人之贻"则在中华文明的源头再次定义了一切美好的内涵。

　　我想，读《诗经》的人一定会与一群娴静真诚、活泼快乐的女子相逢，她们爱情主动、大胆追求，她们在憨昵之语中示好于偶遇，她们在热烈的誓语中紧握命运。摽有梅，良辰莫误；丘有麻，心有情郎。这些遥远的画面被歌唱、被记述，穿过壁垒森严的封建时代，依然温暖人心、创造可能。

莫道君起迟

白居易《长恨歌》"春宵苦短日高起，从此君王不早朝"一句常常站在道德的对立面被人审视和批判。但实际上，它所涉及的问题并不在于君起迟本身，而在于封建时代的道德判断远胜于审美判断。

生活空间得以自由舒张和伸展的美好，往往要到早期社会中去寻访。

《诗经·郑风·女曰鸡鸣》中的"子"定然不会遭到唐玄宗那样的诟病，没有艳女惑君的淫糜，也没有迟起误国的忧虑，所有的只是日常生活中的一种人间情态，不诗情画意却温暖动人。

> 女曰鸡鸣，士曰昧旦。子兴视夜，明星有烂。将翱将翔，弋凫与雁。
>
> 弋言加之，与子宜之。宜言饮酒，与子偕老。琴瑟在御，莫不静好。

知子之来之，杂佩以赠之。知子之顺之，杂佩以
问之。知子之好之，杂佩以报之。

大约是两千五百年前在河南的一个小小的村庄发生了上面
的这段对话，时间是早上，天色未明。鸡鸣晨催是村居生活里
有小欢喜的开始。在自然世界各种各样的声音和动静里，恐怕
也只有鸡鸣才这样亲切地参与了每个先民的生活，它的晓唱
掀开黑夜深色的布被，活泼了寂静的乡野。妻子说："鸡叫
了。"隐含着该起床的意思，丈夫却说："天还没亮呢。"隐
含着贪恋衾枕的慵懒，或许还会一把揽过身旁的妻子，用布被
去屏蔽那只太早鸣啼的公鸡。

他们之间还有怎样的对话我们不得而知，没有写出也无须
写出，诗歌是有留白的艺术，剩下的就交给每一个认真生活过
的人去想象吧。丈夫也许终于抵不过妻子的娇嗔和催促，起身
看了看天色，明星在宇，宿鸟出巢。觉是不能再睡了，虽没有
误早朝之虞，却关系到一家生计与口食。先民村居的一日生计
就这样缓缓打开，平凡而不平淡，丈夫打来野味，妻子烹饪佳
肴。有酒有肴，还有深情的注视，在这样容易情动的时刻，
"与子偕老"的愿望和"琴瑟在御，莫不静好"的赞美来得一
点都不突兀。我们还将看到夫妻二人之间的深情互动，"知子
之来之，杂佩以赠之。知子之顺之，杂佩以问之。知子之好

之，杂佩以报之"。这最后一章中的"知"被反复强调，它在向我们传递幸福最重要的秘密，就是一个"知"字，意味着我懂得、我理解、我感受到了并且我要回馈。毋庸置疑，知或不知必然是爱情婚姻里幸福与否的关键，"杂佩"之赠、之问、之报是温暖的小心思，却润色了生活，深长了余味。

在我们的文化属性之中，总感觉朝堂和乡野在对生活本质的体认上会有云泥之别，其实也不尽然。物质前提也好，精神思想也好，落到生活本身层面都莫过于衣食住行，幸福的本质体验何曾有过区别？如同《诗经·郑风·女曰鸡鸣》那乡野陋室中朴实又恩爱的对话，在贵族夫妇那里也同样可以找到印证，这种在对话中溢出的生活趣味在身份与阶级之上，唯有爱者得知。不信你看《诗经·齐风·鸡鸣》。

　　鸡既鸣矣，朝既盈矣。匪鸡则鸣，苍蝇之声。 东方明矣，朝既昌矣。匪东方则明，月出之光。虫飞薨薨，甘与子同梦。会且归矣，无庶予子憎。

华屋与陋室，朝士与村夫，贵妇与农妇，他们在晨光熹微的时刻，伴着声声鸡鸣竟有着如此相近的生活场景。这是一个有足够耐心的贵妇，"朝既盈矣""朝既昌矣""会且归矣"就这样一层一层剥开一个妇人对丈夫的催促。然而这样的催促并不奏效，它没引起反感，丈夫反而故意逗弄起自己的妻子，说了一大篇傻话和疯话，什么不是鸡鸣，是苍蝇在叫，不是天亮了，是月光。这些非理性的回答，不要给予那些较真的人，家常话语中的很多内容是非理性的，它重在情趣，重在生活的调剂与活泼感。我相信，此时的妇人是无奈的幸福，理性使她催促丈夫起床，但情感体验又足使她浸泡在"甘与子同梦"的幸福中。其实，哪里是贪恋衾枕呢，缠绵难舍的是枕边人罢了。

纵看来，中国古典女性的貌美德高很多时候是男性视角下的主观书写，更符合男性的心理需求和功利考量，只有在《诗经》时代的这种如话家常的平凡里，才会看到男女视角的交融，他们平分了爱情的秋色，圆融了生活的所有美好。

爱情的酬唱

　　秦嘉和徐淑的故事并不是世人耳熟能详的佳话。这其中或许有某种世俗传播的偶然在，正如有人被供奉如神，有人湮没无闻，常常难以假设和追究。

　　徐陵《玉台新咏》（卷一）《秦嘉赠妇诗（三首）》序："秦嘉，字士会，陇西人，为郡上掾。其妻徐淑，寝疾还家，不获面别，赠诗云尔。"从这短短的介绍中我们不难看出，他们身世平凡，不像后世的李清照夫妇那样家世显达、词名远播。他们普通，他们也真实。妻子生病回娘家养病，丈夫碰巧升职入洛阳，不能当面辞别对秦嘉来说是一件痛苦的事，他写信给妻子说："想念悒悒，劳心无已。"（《与妻子徐淑书》）本来，对入仕途的人来说，入洛上京是千载难逢的机会，但秦嘉却忧愁不安。反过来，秦嘉的这份想念对徐淑来说是可聊以自慰的，古今男儿志在四方的一套说辞不知漠视了多少真情、造就了多少红颜枯骨。当然，秦嘉隐隐的不安也是时局使然，东汉末年，朝政紊乱，外戚宦官把好好的大汉王朝折腾到病入膏肓，此时入洛阳，对秦嘉来说如同走进一场风暴的中心，随时有卷入丧命的可能；妻子又在病中，遽然而别当有此生再难相见之虞，自然会生出"趋走风尘，非志所慕"的消极之心。

也不知什么原因，在娘家养病的妻子徐淑并没有随丈夫接她的车子回去同他临别一见，徐淑《答夫秦嘉书》说自己"心愿东还，迫疾惟宜，抱叹而已"，或许沉疴缠绵的身体状况已难以支撑自己送别丈夫。但一份慰安和情义还是到了。丈夫失望之余看着妻子的病中笔墨，应该会大感宽慰。徐淑说，"深谷逶迤，而君是涉；高山岩岩，而君是越，斯亦难矣。长路悠悠，而君是践；冰霜惨烈，而君是履"。此去洛阳，千山万水，那深谷独你一人去跋涉，那高山只你一人去攀爬，长路悠悠，冰霜风雨，真是一个人的旅途，两个人的牵挂。大可想见，徐淑在得知丈夫行将远行的深夜，满脑子的前路风雨、路途艰难，在那个对地图、脚程等都缺乏细节体认的时代，一个闺阁中的女子极尽想象之能事，把操碎的心融进墨痕，把牵绊的情寄于短章。

如是情义，在缓慢的书信往返中细细流淌。木心说："从前的日色变得慢，车，马，邮件都慢，一生只够爱一个人。"我不知道这诗语是否经得住万千世相的考验，但在徐淑秦嘉接下来的书信来往中我们可以看到一种绵长而不虚浮的抒情。爱情的酬唱是这样展开的，秦嘉在《重报妻书》中表达了未能见到妻子的失落，同时又给妻子送去了明镜、宝钗、香、素琴等物，希望礼物可陪伴妻子，"明镜可以鉴形，宝钗可以耀首，芳香可以馥身，素琴可以娱耳"，款款深情溢于文字。徐淑则又回信《又报秦嘉书》。这封回信中"厚顾殷勤，出于非望"八个字很堪玩味，在男性为主宰的世界中，女子的期望是被现实不断压缩的，相夫教子、勤侍公婆之外夫复何求？可秦嘉书信往来中对自己的眷恋、情义实在当世罕见，故有"出于非望"一语。伤离别固然是痛苦的，但在伤别离中激发的情感涌动又是珍贵无比的。

就此，我倒是想说，这种别离之苦，未尝不是一份快乐。遥远的共鸣，爱情的酬唱，语词往返，互为说道，彼此理解，这当然是可乐的。这世间最远的距离莫过于语词的暌隔，最近的距离也莫过于语词的贴合。言谈也好，书信也好，你说的，我都懂！要如此境界大约也是一件难事，料想世上一言三语的冷落、漠视、误会断送了多少长情。至于雅士们所张扬的可意会不可词达的神仙爱情，可以说仙气足而人气少，人间心事，最终还是要言传语达的。

再者，世间事，少有两全者。有朝夕相处而同床异梦者，有山水阻隔而神魂相牵者，悲焉？乐焉？"素琴之作，当须君归；明镜之鉴，当待君还。未奉光仪，则宝钗不设也；未侍帷帐，则芳香不发也。"对秦嘉来说，徐淑最后此诺，足以慰一世风尘。

惑溺，幸福的密码

翻看各朝的史书，那里面女性的塑像是文化的模型，连苦难都被雕刻成纯粹的样子。很多时候，我们今天的读者会在她们面前保持目瞪口呆的样子，这么多花儿却都如塑料花儿一般，不朽却无灵气。

神奇的是，刘义庆《世说新语》里为我们留下来很多性格鲜活的女子，她们显得很立体，很有温度，即便是张扬的一面，也是一根有温度的刺，如果你足够宽容，你会欣然一下，有她们，才是那个时代的幸运啊。

《世说新语》三十六门中有一门叫作"惑溺"。我喜欢"惑溺"这个词，"惑"是被动的也是主动的，女人得有多么真实的一面才足以使一个男人丢失了智力从而被"惑"了进去？还有"溺"字，你仿佛能看到魏晋时代那些吃五行散说道谈玄的士大夫们宠溺的眼神。

所以，今天我想谈谈"惑溺"中的她们。

魏甄后惠而有色，先为袁熙妻，甚获宠。曹公之
屠邺也，令疾召甄，左右白："五官中郎已将去。"
公曰："今年破贼，正为奴。"

《惑溺篇》第一个女性是甄宓。官渡之战的血雨腥风与历
史意义在这段记录中被轻描淡写地弱化了，"今年破贼，正
为奴"。曹操在这场战争中的政治性与军事性也跟着弱化。
这是侧面的笔法，把宏大的场面坍缩成一个微末，一个有温
度的聚焦。她就在那个烟尘之中，若至宝，引来一对父子有趣
的争抢。"令疾召甄"，这种渴望一睹的急切，没有工笔画的
全盘托出，只是云山雾罩地惹人联想。谁也想不到，自己的儿
子——五官中郎曹丕已然捷足先登。

在这个故事的叙述中，其实最能见中国古人的美学意思。
在这件事中，曹丕是最成功的，但也是最缺少艺术想象的，因
为他太快地获知了真相，见到了本相，艺术的启发性就随之消
散。何如自己的父亲曹操？何如自己的弟弟曹植？想必曹操痛
击老腿后，也要庆幸那未然之美。还有后来的曹植，他写的那
篇《洛神赋》真是不得之得，借洛神写甄宓，借甄宓而写尽女
性审美之极。

于是，我们看到了，在古典中国的文学世界里，描摹美女

的用笔与用色是山水画式的，缥缈而远人的状态，近仙，若水，似婴，在烟火气外，是要世人以莫大的好奇心来供奉的。当然了，东方女性的静谧的意味常常是用来审美的，是"悠然见南山"的那种静意的东西，却在有意无意中掩盖了生活本相的悲辛无常。

再说回甄宓，在生活本相中的美永远面临危机，生活将一切做旧的能力超乎想象。比如你看甄宓的《塘上行》："蒲生我池中，其叶何离离。傍能行仁义，莫若妾自知。众口铄黄金，使君生别离。念君去我时，独愁常苦悲。想见君颜色，感结伤心脾。念君常苦悲，夜夜不能寐。"这个让一家父子三人患得患失过的女子结局并不美好，习见的感伤与愁怨缠绕着古代女子的日常，在所有的获得之中，哪一个女子能够避免呢？

那么问题来了，何以幸福呢？当然要以不得之心待之，以得为不得，以知为不知，常在距离之外观之，因为全然地"了解"未必是好事。

当然，命运的卷轴上总有一点意外，不必观照前后，也不必瞻前顾后地对比，把一些点滴放大也能给人安慰和信心。比如下面这个细节。

荀奉倩与妇至笃，冬月妇病热，乃出中庭自取

冷，还以身熨之。妇亡，奉倩后少时亦卒，以是获讥
于世。

这里是讲的是三国时期曹魏大臣、玄学家、太尉荀彧的幼
子荀粲。这个人死得早，在文史上都没有为我们今人创造太多
的思想负担，令人莞尔的就是上面的这段记叙。荀粲娶的是大
将军曹洪之女为妻，据《粲别传》曰："骠骑将军曹洪女有
色，粲于是聘焉。容服帷帐甚丽，专房燕婉。"很显然，荀粲
与曹氏是始于色而终于情的，生活美满必然源于情义甚笃。所
谓"热病"估计就是发烧了，荀粲深情处便在于"出中庭自取
冷，还以身熨之"，也就是在冬月天到露天把自己冻一冻，然
后回去用冰冷的身体给发烧的妻子降温。想此场景，即便放到
今天，荀粲也要荣登好男人的榜首了，那总是喊"多喝热水"
的场景，简直要在这样的对比之下忍俊不禁地哈哈大笑。

我们不妨再脑洞大开一点，假如让古典中国的女子们见见
面，说说私话，每人都说一个丈夫善待自己的故事，荀粲之妇
恐怕也要引来一众羡慕的眼光。这份私家故事能够流传至今，
到底还是要感谢刘义庆之徒，这里面透着很多人的尊重，人的
温度，让我们对古典女性的思考不至于沦于千篇一律的悲哀论
调。

还值得关注的是，"粲简贵，不与常人交接，所交者一时

俊杰"。对于古典女性来说，这其实是幸福的重要前提，男性的世界越复杂，家庭生活必然越弱化，忽略与漠视是在轻重的权衡中形成的。"简贵"是一个很高的评价，不庸俗，更不复杂，一个有头脑、有时间、很清爽的人很容易把目光转向美好的人事。

后来，"妇亡，奉倩后少时亦卒"，"荀令伤神"的成语成为悼念爱妻的典实。而那些讥讽他的人呢？谁管？谁知？

活泼的形象，没有人会讨厌。

> 王安丰妇，常卿安丰。安丰曰："妇人卿婿，于礼为不敬，后勿复尔。"妇曰："亲卿爱卿，是以卿卿；我不卿卿，谁当卿卿！"遂恒听之。

"卿卿我我"这个词语一出现想到的便是十分亲昵的形象，而这个词语便是来自竹林七贤之一王戎的家庭日常。安丰侯王戎的妻子常常称王戎为卿。王戎说："妻子称丈夫为卿，在礼节上算不敬，以后不要再这样了。"妻子说："亲卿爱卿，因此称卿为卿；我不称卿为卿，谁该叫你为卿啊！"王戎就随便她了。

一个人说话的口吻往往见情绪的端倪，幸福的人、生活自信的人，言语之间翻出的声音有金玉相击的清脆。王戎的妻子面对自己的丈夫大概非常的自信，身形是雀跃的，话语也是活泼的，是否是撒娇式的调笑也值得一想。王戎倒是一本正经，拿出一个"礼"来堵自己的妻子，但我们知道竹林七贤那股子散诞的劲儿，早被妻子看透了，哪有什么"礼"呢？夫妻之间的"礼"在古老中国筑起的可不是相敬如宾，而是一堵堵冷冰冰的墙。王戎之妻是幸福的，那绕口令一般的一长串话语，有真情流露，有调皮狡辩，更有自信和底气："我不卿卿，谁当卿卿！"这话不是谁都敢问，也不是谁问出来都美好可观的。换一对夫妻，或换一个场景，怨毒的神色就会像破落屋子外斑驳的离墙一般显现。

所以，到底是"惑溺"啊，"遂恒听之"，王戎那无可奈何的样子是向亲昵的缴械投降，是面向美好生活的甜蜜窃笑。

美好的时刻

　　一个人何以留名青史？在国人数千年关于"不朽"话题的持续探讨中，杀伐、功业、德行总是最鲜明的项目，费尽移山心力，换得笔墨几行，是非数句。却不料，一个女子生命里的奇巧片段竟也挤进了人类的皇皇青史，众说纷纭中眉心一点红倒来得清爽自然，省去了许多无谓的铺垫与唇舌。

　　她是寿阳公主，梅花妆的开创者，暗香浮动的诗意镜像里有她的芳名。

　　《太平御览》卷三十《时序部·十五·人日》引《杂五行书》：

　　　　宋武帝女寿阳公主人日卧于含章殿檐下，梅花落公主额上，成五出花，拂之不去。皇后留之，看得几时，经三日，洗之乃落。宫女奇其异，竞效之，今梅花妆是也。

宋初吴淑编撰的《事类赋》卷二十六注引：

> 武帝女寿阳公主人日卧于含章殿檐下，梅花落公
> 主额上，成五出之花，拂之不去。皇后留之，自后有
> 梅花妆。

张岱《夜航船》"梅花点额"条：

> 刘宋寿阳公主，人日卧含章殿檐下，梅花点额
> 上，愈媚。因仿之，而贴梅花钿。

为什么要摘录三条文献？因为除此之外，寿阳公主在史书上再也没有留下更多的记载了。她的生命里有没有惊天动地的爱情传奇、有没有妙笔生花的诗心才情、有没有在精神传统里添砖加瓦的奇行壮举我们无从知晓，也许是她省略了，也许是史家省略了，也许是时间做了选择。

现在，我们轻松地抛开杂念，看到一千六百多年前的皇宫中，含章殿檐下，一个正当最好年龄的公主闭目在初春的薄凉与清新里。

或许那是一个温暖的春日，农历正月初七。宫苑里的梅花早已盛开，一向喜梅的公主自然不肯错过这样的佳节。但她喜

爱的方式是不同的，让宫女们在含章殿檐下置一榻，或坐或卧，姿势也是自由的，皇室或者季节均给了她足够的自信和自由。暖风熏得美人醉，闭目，轻睡，这是东西方都很喜爱的画面，无欲无求，彻底放松的美好景象。喜爱梅花的人很多，尤其是在古中国，譬喻象征太多，梅花也不再是梅花了，总充斥着太多急切的表达与申明，哪怕是一片素心淡雅也总感觉出有极力说明的味道。其实，梅就是梅了，轻松一点，闭眼，鼻翼张翕，清香入怀已是佳境了，何必要"一树梅前一放翁"的贪求呢？

　　传奇，有上天恩赐的成分。真不知是哪一缕含情的春风把一朵落梅送到了寿阳公主的额上，恰到好处的安排，梅花入肤三分，竟至于同人融为一体，天地之道生，奇得让人探不出究竟。"成五出花，拂之不去"，这不是可以常理忖度的部分，也许是在场所有人欢喜中的不约而同，美丽的公主与美丽的桃花，美景生成，一起促成便可。皇后也温柔，虽然不曾说一语，但"看得几时"便是在美好面前的一颗柔软心。宫女们也温柔，小小的心子一片激动，天意激发人意，竞相效仿，都在自己的娇颜上画上几瓣梅花，仿佛春风过脸，着色了眉间江山。恐怕那段时间的宫廷会变得好美，小激动，小美好，一片欢心。

　　是妆异？还是事异？说不清道不明的地方倒有一件是清楚

的，千余年前的宫廷里发生了一次向美的集体性靠拢。

这让我想起了《红楼梦》中的憨湘云醉眠芍药茵，很多人都喜欢这个"憨"，率性、热烈，没有多少顾忌。湘云即使不醉，也是人情世故里的"慢半拍"，有意思的单纯比用心良苦的"懂得"更贴近人性，宝钗黛玉的不幸就是因为"懂得"太多。所以，我说寿阳公主人日卧于含章殿檐下是天然的美景，自然舒张的身体背后是自然舒张的心灵，美就美在这里，含章殿这个名字很美，人很美，事很美。

试想，有率性女子几何？能安心把自己交给天地而不必顾忌人言的又有几何？在这幸存于历史罅隙里的美好中，我们只瞅见了一种美，以及对美的集体欣赏与集体效仿。多么难能可贵的历史记载，那么多撕裂的人生中，历史偏偏为我们截取了这一段美好留着，是善意的掐头去尾，感觉容纳了这个片段的时空都变得很好，阳光很好、梅花很好、人很好，帝王在远处、杀伐在远处，生命的计较与渴望都淡淡地隐去了。

令人好奇的是，记载这个片段的人有过怎样的心思呢？大约也省去了考证的烦恼，莞尔动笔，会为这人类明丽的一则注脚感到轻松和愉快吧。人的一生中，处处都在求完整，求而不得、不得而求总折磨着很多人的生命，倘若偶然得一万事不关心的片刻，便觉生命正当如此啊！

今夜鄜州月

　　我一直有一个观点，就是我们在敬佩杜甫的时刻，一定不要忘了同时敬佩杜甫的妻子。一个伟大诗人的"伟大"时常会遮蔽读者对红尘冷暖、日常烟火的关注和体认。至今，我们仍需感谢的是，时代的战火与个人的不幸居然没有侵蚀一个诗人稳定的内在世界，没有让他的笔端流露出怨与恨、猥琐与狭隘，那这个人一定幸运地得到了一个女子无怨无悔的养护。

　　关于杜甫的妻子，没有专门的传记。大多数人第一次勾勒出她的形象，恐怕是来源于杜甫的《月夜》。

　　　　今夜鄜州月，闺中只独看。

　　　　遥怜小儿女，未解忆长安。

　　　　香雾云鬟湿，清辉玉臂寒。

　　　　何时倚虚幌，双照泪痕干！

　　这首诗作于公元 756 年，是年八月，杜甫携家逃难鄜州羌村，尔后自己投奔灵武的肃宗行在，不料被叛军掳至长安。诗是秋天月夜的怀妻之作。对杜甫来说，如今的长安已是两重天地，当年在长安虽困处十年，到底是有无限期待的，而如今即便清月高悬又是两处风景了。今夜，他想念自己的妻子，如同海子所说："今夜我不关心人类，我只想你。"国破山河在的感喟已然很多，倒是此夜寂静时刻，他的脑海全是妻子的身影。何夜无月？何处无月？但唯有鄜州月是焦点，心念一起，就要跨越千山万水了。敏感的心灵，最易抓住人的痛处，"闺中只独看"，只身独影，有深情与不忍之心才会设身处地地从对方着笔，那无人陪伴的抬头一望，定然也要随思绪跋涉千山万水了。

　　这种夫妻间的空间呼应，源于情感上的充分自信，是多年坎壈而不弃不怨中成长起来的心有灵犀。儿女们都还小，还不解风雨同舟的情感维系多么令人牵肠挂肚。于是，孤独感又增加一份了，延颈秀项痴望明月，痴想长安。"云鬟"与"玉臂"是美丽的意象，在古典诗词中常常点缀着红粉佳人。杜甫的妻子究竟长相如何，我们不得而知，但在一夜相思两处同的情感共鸣中，这个寻常隐没在烟火中的女子变得异常明丽，好似待字闺中，好似情窦初开。"湿"与"寒"是时间的延续，更是痴念的延续。杜甫十分确信的是，他妻子的脑海中定然忘我地捕捉着自己丈夫的点点滴滴，牵挂着他的衣食住行，操心着他的生死安危。盼望啊，是乱离中的奢望，什么时候才能并肩坐于薄薄的帷帐之下，用团聚的月辉擦干乱离人的清泪。

今天我们再读《月夜》，我们不妨就把它当作一首爱情诗来读，一个拥有过爱情和婚姻幸福感的诗人才有足够的心力去延展他的普世情怀。承认这一点比承认伟大更为重要，杜甫心疼了自己的妻子，他才有情感基础去关心人类。

杜甫是晚婚的，大约在三十岁时才筑室首阳，与弘农杨氏女结婚。他比妻子至少大十岁，妻子却在嫁给他后的十五年间至少为他生下九个儿女。在乱世，这是一份重要的生活压力和情感负担。在奉先，未满周岁的幼子在秋收之季饿死；在同谷，《旧唐书》记载说"儿女饿殍者数人"。虽然在杜甫的诗中，我们不难看到经常分别的痛苦折磨着诗人，但更大的痛苦由杨氏帮他承担着，哺乳养育，漂泊中生死不定，惶惶不安中守着"家"而不倒，这个女性的伟大必不亚于杜甫。

在杜甫《羌村三首》（其一）中我们看到了与《月夜》中不太一样的杨氏。杜甫跋涉千里回到家中，看到的景象是"妻孥怪我在，惊定还拭泪"。乱世中的辛酸一见于此，在杨氏的心中恐怕早就无数次假想了丈夫的不幸，谁也没料到丈夫竟然活着归来。正因为做过最坏的打算，所以"怪"是意外的惊喜，惊喜之后才是喜极而泣。我简直可以从短短两句诗当中想见钗荆裙布的杨氏当时手足无措地拭泪的样子。这不是花前月下的爱情故事，风月所粉饰的爱意的流盼在这里是不合适的。但是，生活悲欣刻骨的地方就在这里，劫后余生的痴静、乱离中的团聚，它的情感温度来自脆弱与贵重。"夜阑更秉烛，相对如梦寐"。邻人们都散去了，唏嘘感叹暂时沉寂。夜深人静的时刻，夫妻相对，恍若一梦，失而复得的伴侣需要反复确认。

只有在入蜀之后，我们才又从杜甫的诗中看到杨氏鲜活的样子。杜甫在浣花溪畔有栖身之所时，写出的《江村》被金圣叹赞为"清空一气"，"老妻画纸为棋局，稚子敲针作钓钩"。生活本身的样子开始显现，家计之余，也有清闲的时光，情感蔓延的路径随之丰富起来。杨氏大概是很开心的，心闲手巧地画起了棋局，想要与丈夫手谈一局以消长夏永昼。杜甫写诗也是调皮，径直喊起了"老妻"，这样的称呼甜蜜又厚重，可是场景又是那么青春，这大概是命运偶尔给予的补偿。

乱世并没有结束，奔波依然是常态。这个时候杜甫已是老身，右手偏枯、耳聋、气管炎和糖尿病等诸病缠身的杜甫很快要迎来他最后的时光，蜀山跋涉、夔州奔波、入湘、住潭州、逃衡州，十余年奔波，一定又是那个"老妻"做了得力的助手。作为读者，恐怕看到杨氏精神的最后舒展应该是在《闻官军收河南河北》中吧，"却看妻子愁何在，漫卷诗书喜欲狂"，虽然这美好的一刻是在家国大事的背景下发生的，但对一个妻子而言，丈夫的舒展才是妻子的舒展，她看到丈夫眉间喜色，便感家宅祥和。

幸好，杜甫是忠诚于妻子的，在"唐世士大夫之不可一日无妾媵之侍"（陈寅恪语）的风气下，杜甫从未有携妓出游、狎妓纵酒的风流。这种姿态，才配得上拥有一个全心交付的妻子。

活在一首词的真实里

　　每次想到王弗，我总是冒出一个词，幸运。我知道这个词触犯了很多忌讳，尤其是在死神早早就给出宣判的命运面前，说"幸运"是一个很不近人情的判断。可是，相较众多湮没于历史的古典女子，她赢得了苏轼最真挚的句子，也赢得了最恒久的咏叹。这是一种掩盖着薄薄的轻纱似的命运，悲伤又珍贵的样子。

　　《江城子·乙卯正月二十日夜记梦》是苏轼在妻子王弗去世十年之后写的作品，他在某一个夜晚梦见了自己的亡妻，想起了在眉山老家那个十六岁就嫁给他，又在二十七岁不幸去世的结发妻子。

　　　　十年生死两茫茫。不思量，自难忘。千里孤坟，无
　　处话凄凉。纵使相逢应不识，尘满面，鬓如霜。　　夜
　　来幽梦忽还乡。小轩窗，正梳妆。相顾无言，惟有泪千
　　行。料得年年肠断处，明月夜，短松冈。

通首词，就人物来说，其实是缺乏细节的，我们在语言本身中打捞不出一个具体的人物形象，高矮胖瘦与美丑都欠缺必要的说明。幸好这是一首词，一个文学作品，我们可以暂时忘掉这种遗憾，尽管这种遗憾对于女子来说是历史中最惯常的失语与形象模糊。或许你会说，"小轩窗，正梳妆"不正是细节吗？是的，那是一个细节，但依然是一个泛化的细节，那是每一个女子的细节，是王弗的，也是别人的，这样的细节在形象上还不够真切。

这就是来自一个读者的挑剔，因为我太想看到一个鲜明的形象出现在我的面前，以此去触摸伟大的苏轼青年时期有过怎样的家庭生活。可是，《江城子》是一首词，不是墓志铭或传文，苏轼的王弗只存在于他的内心世界中，语言被牵动，而活在心里的形象本不必为外人道。所以，我们只看到结果，梦的结果，简笔勾勒的结果。

然而，王弗的分量我们依然可以感觉得到，她没有像其他悼亡诗文那样随感伤的调子变成泛滥的眼泪。"不思量，自难忘"，我们可能会忽视这两句，语言有引诱的力量，我们习惯迅速抵达情感的高点，比如"尘满面，鬓如霜"，比如"相顾无言"这些有情感穿透力的语言。但是我们细细一想，才觉得"不思量，自难忘"不简单。蒋勋先生说苏轼最真诚，更何况是悼念自己的妻子。结发妻子死了，悲伤与怀念是不可避免的，但时节如流，情感何尝不是？生者苏轼的生活还在继续，有了新的妻子、儿女和宦海的沉浮，这些都在丰富、占有一个人的情感世界，因此悲伤与怀念不是每时每刻的，"不思量"说的就是这种真实，苏轼说自己没有思量亡妻，但是却夜有所梦，这是奇怪的事情，也是最真实的事情。真实的才是自然的，所以苏轼说"自难忘"，不必要时时提起，就是莫名其妙的时刻，那个人总是会入梦，这才是不忘与难忘。

有些记忆的样态本来就是沉埋的，风起雨过，沉埋的总会如波泛起。仕途总遭排挤，生活诸多不顺，满怀心事的夜晚，一个那么有才华的人会被记忆中哪一点尘埃温暖？我想，那一定就是"自难忘"的部分。他思念自己的亡妻了，足以慰风尘的人事有很多，王弗就是苏轼的自在不忘啊。

情感的涟漪就是这样铺展开来的。关于"千里孤坟，无处话凄凉"，学者们对此有不同的解读，"话凄凉"的是谁呢？有说是苏轼无处话凄凉，"如果坟墓近在身边，隔着生死就能话凄凉了吗？这是抹杀了生死界限的痴语，情语，所以觉得格外动人"（《唐宋词鉴赏辞典》）。有说是苏轼悬想王弗的坟墓搁置千里之遥，她境况凄凉却无处诉说。这 "是体贴亡妻处境之孤单凄凉，却有人解为作者自叹心情凄凉而无处说，反而浮浅了，远不及悯恻亡灵之苦更深刻而合乎情理"（《宋词三百首全解》）。

单就诗词解读来讲，这两种说法各有合理的地方，正如后面的"料得年年肠断处"主体是谁都可。但是，从真实生活的角度来看，我更倾向于后者。苏轼有太丰富的人生，波诡云谲的政治仕途，自得其乐的贬谪生活，风风火火的治民利民，那是一颗五彩缤纷的头脑。正因其如此，"自难忘"的那一点记忆的尘埃才更显凄凉，苏轼拥有太多，而王弗只拥有他。苏轼有诗文笔画，而王弗只有黄泉长眠。何以见深情？就是在想起的夜晚，忽有对故人深切的体贴，这才是真实的苏轼，也是深情的苏轼。活着的人生活再怎样不堪，但可"话凄凉"的地方和对象总不缺乏，而面对自己那亡妻，千里孤坟，祭扫无门，只有"她"作为凄凉的主体才更显通彻，若亡者有灵，苏轼作为她唯一的倚靠却在千里之外，此凄凉真是从何处诉说呢？所以，"料得年年肠断处"也可两解，但苏轼是年年有时，而王弗却是年年时时，那明月照耀下的短松冈，那短松冈上的一处孤坟，终究是距离太远，此情难托。

过往有人曾说，大凡伟大作家皆有慈悲心肠，《江城子》好似写己一梦，却从彼处着笔，愈深情愈体贴，愈体贴则愈深情，漫漫不可跨度的空间与遗憾，才真实再现了"不思量，自难忘"的恒久与绵长。

在命运的边缘为她正名

有一个微妙的比较是关于黄庭坚和苏轼的。

宋代诗书名家黄庭坚一生有两任妻子,皆是名门闺秀,不幸的是两位夫人都早逝。他的的第一任妻子孙兰溪,为高邮龙图阁直学士孙觉之女,十八岁时嫁给家境贫寒、弟妹众多的黄庭坚。兰溪去世后五年,即熙宁七年(1074年),黄庭坚时为北京国子监教授,续娶谢师厚女儿为妻。可惜这位深受黄氏家族上下喜爱的女性,与诗人仅仅共同生活了六年,年仅二十六岁便留下四岁的女儿而逝去。

由于两任妻子都康强早逝,黄庭坚难免灰了情爱之心,发愿要斩断至情与至痛的俗世纠缠。元丰七年(1084), 也就是山谷四十岁时,他曾作《发愿文》一文,此中云:“我从昔来,因痴有爱。饮酒食肉,增长爱渴。入邪见林,不得解脱。今者对佛,发大誓愿。愿从今日,尽未来世,不复淫欲。愿从今日,尽未来世,不复饮酒。愿从今日,尽未来世,不复食肉。”看起来是向佛道靠拢了,但“因痴有爱”反见得他对两任妻子的爱重。正所谓重情之人才能钟情，唯其如此，艺术的笔触才能抵达他生活的血肉，饱满动人的部分都在这些痴爱的血肉中生长起来。苏轼在《答李昭玘书》中提到："鲁直既丧妻，绝嗜好，蔬食饮水，此最勇决。"难为苏轼想得到、看得明白，"勇决"二字真是恰切，仿佛看到了忍痛的坚毅和悲哀的决绝。

为不绝嗣，诗人后纳一妾，生子相。对于这个妾，各种文字中自然所述不多，但我相信一个伟大诗人的本心本性是不变的，或道德学问，或诗书证道，走向高处的人重在"去伪"，因为凉薄的性子终归给不了文字以温度。果然，我在今人仇春霞的《千面宋人》中看到了如下一则比较：

> 黄庭坚曾娶过两任名门闺秀，但两位夫人都早逝。黄庭坚警觉到自己可能"克妻"，所以不再娶妻，以免害了人家姑娘。黄母将自己的贴身使女给黄庭坚当小妾，小妾生了一个儿子，黄庭坚非常喜欢。小妾一直是侍女的身份，孩子们都不能叫她母亲。黄庭坚被贬后，全家日子过得十分辛苦。黄庭坚不懂耕种，家中事务，全是这位小妾操劳。黄庭坚最后被贬往广西宜州，大年三十途经长沙时，小妾不知道从哪里弄来一点吃食，全家人开开心心过了年。黄庭坚郑重地对孩子们说：以后你们都要叫她为"母亲"。这

一声"母亲"，是拆除了一道壁垒。哎，朝云跟随苏轼这么多年，病死贬所，也没能得到这个"恩赐"。

我相信，无论是诗书造诣还是人格魅力，对苏黄已然没有去较一个高下的必要。唯一令我感兴趣的是仇春霞所用"恩赐"一词，这里面有太多不言自明的文化基因，又有太多习惯成自然的理所当然。苏黄皆是至情至性之人，但"妾"在传统社会中的那种角色必然性，导致任何一个人都没有思考任何"改变"的必要性。有幸的是，黄山谷在命运的边缘，在仕途的低谷，在地理上和文化上都偏远的地方，在天地虽广不若一室之安的所在，在一灯如豆的贫瘠的日子里，他突然说出了上面那番话，如果这是真实的，唯一会觉得不真实的便是那个妾了。

在古老的中国，以文化的名义去剥离"母亲"这个亲情符号的真实内涵的故事太多了，因为这才是生根的教化和礼治，一国如此，一家如此。比如《红楼梦》中的探春，她确是一个出众的女子，但有一件事读来却令人喜欢不起来，那便是关于给宝玉做鞋却不给贾环做所引出来的一番话。"探春听说，一发动了气，将头一扭，说道：'连你也糊涂了！他那想头，自然是有的。不过是那阴微下贱的见识。他只管这么想，我只管认得老爷太太两个人，别人我一概不管。'"读了这话，你便觉出古代家庭伦理纲常的某些可怕之处了，纵是赵姨娘、贾环不令人喜欢，但一者为生母，一者为胞弟，总不至于说出这样厉害决绝的话来。"只管认得老爷太太两个人"，足见赵姨娘"妾"的身份已然淡漠了血脉之亲了。

再回到黄庭坚对患难之"妾"所说的那一番话，如果非要解释一番的话，不幸的遭遇让黄庭坚有了一些无所顾忌，而有幸的相守让黄庭坚有了生活真切的感动。"小妾不知道从哪里弄来一点吃食"，这种无力之力真是令人惊讶，也令人不敢细想，一个传统的女性能"从哪里"周全了大年三十里一家子的肠胃呢？这种相濡以沫的温度太强大了，我们甚至可以想见黄庭坚的那种郑重，不是一时冲动的情感失控，他或许意识到了什么，有种力量在文化习惯之外，在身份之外，在名分之外，所以，那就把"母亲"这个身份还给这个在凄凉中用尽全力温暖家人的"妾"吧。

完全没有必要再去为黄庭坚贴上任何的标签，他写在中国文化史中的名字早已不可磨灭，倒是这平淡日常中的一次言行重新震撼了与之在文字中偶遇的我。令我更觉幸甚的是，所谓的任何痼习也绝非铁板一块，总有意外在坚硬的地方开出想象不到的花来。

人在心间有至乐

生活之乐，何必诗和远方？所缺的是真情、品性与涵养罢了。就女子而言，有人在心间实为一乐。沈复《浮生六记》有载，其妻陈芸在未过门时，已有"藏粥待君"之情。

> 是夜，送亲城外，返已漏三下，腹饥索饵。婢妪以枣脯进，余嫌其甜。芸暗牵余袖，随至其室，见藏有暖粥并小菜焉，余欣然举箸。

这是一种极其隐约的心思。古代女子婚姻之事难以自主，一旦有父母之命，必为生死相托。当陈芸尚待字闺中，已有一种为未来夫婿事事留心的细腻处。沈复送亲城外，何时回来？饥饿与否？实在不是可预知的事情，但有心的陈芸不知在心下盘算了多少次，尤其是"暖粥"二字背后有长情在，因为既不知何时归，何以能保粥之暖？当知此事虽殊为不易，却是一女子心底的一份体贴与心意。更令人感动的是婚后陈芸尚且食斋，"让之食，适逢斋期，已数年矣。暗计吃斋之初，正余出痘之期"。沈复心下一盘算，陈芸吃斋之日正是自己出痘之时，一个未过门的女子为未来夫婿奉献出的诚意和所体现出的善良着实令人动容。

沈复与芸娘的故事历来为文人们说道，在两性关系上，这二人既耳鬓厮磨又交识有素，对一女子来说真是一大幸事，正所谓品性想通又为一乐也。

沈复曾言："其癖好与余同，且能察眼意、懂眉语，一举一动，示之以色，无不头头是道。"一者见得陈芸聪慧，能察言观色；二者见得其性情，需知有癖好者必有深情。就生活的表层上看，心意相通者很多时候意在言外，早就超越了一说就错的生活本相。

沈复新婚不久即受业于武林赵省斋先生门下，试想，新婚宴尔，真是一别三月，如十年之隔。"及抵家，吾母处问安毕，入房，芸起相迎，握手未通片语，而两人魂魄恍恍然化烟成雾，觉耳中惺然一响，不知更有此身矣。"此段记述，不事张扬，不动声色，却已然天上人间了，化烟成雾的两人魂魄是声息相容、情义相通的完美说明。

灵魂伴侣往往抵不过生活现实，生活现实时时又本相丑陋。陈芸的快乐在于，性格当中的一部分洒脱与真率能被丈夫悦纳和激励。比如沧浪亭爱莲居中的课书论古、品月评花；比如女扮男装去水仙庙中时的揽镜自照、狂笑不已；比如为堂伯父素存公扫墓时与王二姑一起捡拾小乱石的青春活泼。如此等等，看似是一个人的举止，实在是一个人的志趣修养。我想，像陈芸这类女子，如果有更为宽广的生活空间，必然会活出痛快淋漓的模样。

陈芸的快乐，是因为她性格中有向往李太白恣意人生的因子。所以在与丈夫论诗李杜的时候才会有"李诗宛如姑射仙子，有一种落花流水之趣，令人可爱。非杜亚于李，不过妾之私心宗杜心浅，爱李心深"这样的妙论。

陈芸的快乐，还在于她有对美的认识和追求。在为丈夫物色妾室憨园时，她说："今日得见美而韵者矣。"美在皮相，韵为神韵，这是多么高级的追求。

虽然，像陈芸这样难得的女子常常被命运画上悲哀的句号，但那份性情与在这性情中孕化的快乐永是动人。

何以渡沧波

但有所好，虽命途多舛亦可聊以渡沧波。

到底什么是快乐？是声闻？是容色？还是情思的畅达？这个问题的回答，人言人殊，有的人哭着哭着就笑了，有的人笑着笑着却哭了。也许智识上的某些明了，才可以温暖或润泽生命中一些无可奈何的地方。

读蒋坦的《秋灯琐忆》，总感觉人物周遭笼罩着命运不幸的气息，好像死神不祥的羽翅总盘旋在秋芙的头顶，以便随时夺走这个有灵性的女子的性命。"人生百年，梦寐居半，愁病居半，襁褓垂老之日又居半，所仅存者，十之一二耳，况我辈蒲柳之质，犹未必百年者乎！"这是身体孱弱的人在命运面前的小心翼翼和深刻绝望，仿佛就是那个在文学中以命相搏、以泪相报的黛玉，令人心为之一软。

可就是这样小心翼翼又无奈的女子，短短一生中竟有那么多的可圈可点，有那么多的值得珍藏和追忆的事，关于生活空间的那些探索和开拓，不幸又快乐的生命迹象，着实令人心生敬意。

夏夜苦热，秋芙约游理安，明明将雨，他们依然出行，后来在野外松下躲雨，雨霁更行，看山中万翠而有忘我之境，"余与秋芙且观且行，不知衣袂之既湿也"。今人生活匆忙又有规矩，在固定的轨道内日月往返，少有这种看似任性出格的行为，凡事周密谨慎的背后少了很多趣味。现下流行的"来一场说走就走的旅行"大约是对古人生活的一种遥想吧，看似诗意，却颇要一些勇气。

秋芙有一颗敏感的诗心，这样的人易伤感，但也易得生活细节上的享受。春天，芳华将歇时候，我们用"工作"装订每天一页的生活时，秋芙见桃花为风雨所摧，零落在地，于是"拾花瓣砌字，作《谒金门》词"，每每看到这样的细节总会生发出审美的愉悦来，它没有实用的功利的纠结，单就一种细腻的柔软，早就将生活砌进了精神享受、心灵洗礼的世界。她的拾花、砌字、作词在盐米事烦之外，甚至也弃置了笔墨，没有寄身翰墨以求不朽的野心，对她来说，这就是生活之一种，纯粹的快乐，快乐的纯粹，最后与夫君"相与一笑而罢"。

秋芙病肺十年，按道理就该收入那些红颜薄命的册子，可她的生命状态厚实了这种薄命的论调，如同鲁迅、如同史铁生，如同每一个不幸又有智慧的人。西溪之游，夜半始归，不是倒头便睡，而是"强余作游记诗，遂与挑灯命笔，不觉至曙"； 登补梅亭，与蒋坦"瀹茗夜谈，意兴弥逸"；枕上不寐，夫妻二人则论古今人物，颇有高论。此间，秋芙院内种芭蕉，又有了传为美谈的芭蕉戏笔，蒋坦于芭蕉叶题："是谁多事种芭蕉，早也潇潇，晚也潇潇。"秋芙则续书云："是君心绪太无聊，种了芭蕉，又怨芭蕉。"此真性情中人也。

美国学者宇文所安著有《追忆》一书，专论中国古典文学中的往事再现。他说，追忆别人或成为被追忆的对象，是一种惧怕湮没和销蚀的心理，但有这种心理的人多数有求不朽的心思，像秋芙这种没有诗名、书名、才名的女子能被我们读到、看到，还是基于一种本真的态度。湮没和销蚀是众多人的命数，伟岸的身影不断被笔墨雕饰早已失去了本相，只有这种普通人家的记述才唤起我们思考生活的欲望，它不疏离于烟火，不汲汲于庙堂，不缥缈于江湖。都是日常。

一种并不灼人的热烈

虽然纳兰性德的《沁园春·瞬息浮生》是一首悼亡之词，但我们依然可以从中看出那个薄命的卢氏在芳华之年嫁给纳兰性德时的美好时光。

> 瞬息浮生，薄命如斯，低徊怎忘？记绣榻闲时，并吹红雨；雕阑曲处，同倚斜阳。梦好难留，诗残莫续，赢得更深哭一场。遗容在，只灵飙一转，未许端详。　　重寻碧落茫茫，料短发、朝来定有霜。便人间天上，尘缘未断；春花秋月，触绪还伤。欲结绸缪，翻惊摇落，减尽葥衣昨日香。真无奈，倩声声邻笛，谱出回肠。

命运难以提前预见，常常让我们生出命不由我的哀感，从而忽略了生活中可喜可乐温情脉脉的部分。比如上面这首词，当我们剥离那些死者已矣、物是人非的语词，我们同样会被纳兰性德和卢氏甜蜜的婚姻生活所感染。

"记绣榻闲时，并吹红雨；雕阑曲处，同倚斜阳。"这大概是夫妻生活中最没有烟火气的温柔了。等闲停了绣功夫，一个"闲"字给初婚生活预留了足够的从容。庭院闲步，春色正浓。这时我们不烦发挥一下想象，桃花杏花梨花或者别的什么花，但总以为桃花最好，其色泽、其热情与正当最好年华的卢氏有"人面桃花相映红"的美好。微风过处，花瓣应风而落。这也是没有哀伤的凋落，夫妻二人噘着嘴吹着那些飞舞的花瓣，大约早已忘了人间。最动人的快乐还在于一个"并"，纳兰容若作为一个世家大族的公子少爷，没有故作的老成，没有道貌岸然，倒是多了天真浪漫，两性之间自然的面貌获取了纯粹的生命体验。

"同倚斜阳"或许是另一个场景。黄昏的色调不总是让人伤感的，很多时候那是一种并不灼人的热烈，暖色调是夫妇二人静赏落日的温柔，相互倚靠，沐浴在柔软的夕光中，这是宁静的时候，与前面的"并吹红雨"正好构成一静一动，幸福生活美好的节律感在这里得到淋漓尽致的体现。

丈夫纳兰容若出身名门，才华横溢，《清史稿》中说"性德善诗，尤长倚声。遍涉南唐、北宋诸家，穷极要眇"。这样风雅的灵魂遇见 "生而婉娈，性本端庄"的卢氏，自然文思勃发，诗情画意于生活的每一处细节。除了上面所论两句，还有

《和元微之〈杂忆诗〉（其二）》一首也令人欣羡。

> 春葱背痒不禁爬，十指掺掺剥嫩芽。忆得染将红
>
> 爪甲，夜深偷捣凤仙花。

"春葱"喻女子手指纤细，丈夫背痒，妻子以手挠之，这温柔画面，难怪纳兰容若一生难忘。虽然自古以来对女子的记述上总是笔墨寂寥，卢氏相貌性格的全貌我们无从知晓，可就"忆得染将红爪甲，夜深偷捣凤仙花"这一句就足以为你描画出一个活泼动人的女子形象：半夜偷采凤仙花，那隐秘的快乐，与丈夫所共有。然后细细捣碎，神情专注地涂抹在如青葱嫩芽般的手指甲上，着色的是指甲，也着色了最美的容颜，最美的生活。

古代女子的婚姻生活，如果落到礼教的窠臼里，规行矩步，常常缺少随性自适的快感，她们克制、隐忍，在岁月的消磨中以最苍白的生活耗尽了作为一个女性生命的全部热情，而"并吹红雨，同倚斜阳"这样的美好，因为少见，所以美好，是对自然生命的一份尊重和珍藏。

第二辑

权力的面相

"玩弄"的游戏

这不是一个真实的故事，但一定是一种真实的人生。

一个从来不笑的人内心必有某种巨大的沉重，使愉悦的因子被深度压抑，我们能从其毫无变化的表情中感到对抗、拒绝甚至嘲弄。

"褒姒不好笑，幽王欲其笑万方，故不笑。"这是司马迁在《史记·周本纪》中的记载。这短短的几句话颇有意味，我们看到，一个衰落的王朝，一个虚弱的君王，在一个美丽的女子面前变得多么无能为力、无所适从，权力的自信在千方百计的讨好中被消解殆尽，在历史的深度里，周幽王就像一个自负的小丑一样任性又倔强，尽管他可能知道自己的无知和错误。

褒姒的沉重从来缺少细致的观照，我们在宏大叙事和男人视角中将她架在"红颜祸水"的刑场上示众，每个自信正义的人无不道貌岸然、表情严肃地对她指指点点，却又在内心隐秘的角落将她作为一剂美色的补充，只待道德的防线退却时好释放欲望的野兽。

褒姒的沉重也是一点一滴积淀和长养起来的。她的来历被神秘化或者妖魔化，作为一种祸害人间的因子使周人惴惴不安。刘向《列女传》中的记载是"褒人之神化为二龙"，后来龙留涎沫于王廷，到周宣王时这龙涎使宫中女妾"无夫而乳"。褒姒就是这个"无夫而乳"的女妾生下的孩子，她因不正当或无法解释的来历被迅速遗弃。

> 后有人夫妻卖弧箕服之器者，王使执而戮之，夫妻夜逃，闻童妾遭弃而夜号，哀而取之，遂窜于褒。长而美好，人姁有狱，献之以赎，幽王受而嬖之，遂释姁，故号曰姒。（刘向《列女传·孽嬖传》）

那对夜逃的夫妻或许是褒姒一生遭遇中少有的温柔部分，"哀而取之"，这个"哀"字可以温柔夜色，因为怜悯是人最大的道德。但显然的是，在冷漠的历史叙事中这点温情微不足道。很快，她就因为长得漂亮而被人作为抵罪的工具送了出去。遗憾的是，历史总是缺少必要的细节，让我们在褒姒长大成人这段光阴的巨大空白里怅然若失并且惴惴不安，这个被人遗弃又被人捡拾，被人遗忘又被献赠的女孩到底经历了生活怎样的揉搓？

我们唯一知道的是，褒姒几乎是一个没有亲缘关系的人，她的亲缘被措置在毫无人性温度的空间里，充斥着不假思索的遗弃与形同货物般的捐赠。

现在让我回到烽火戏诸侯的故事当中吧。

> 幽王为烽燧大鼓，有寇至则举烽火。诸侯悉至，至而无寇，褒姒乃大笑。幽王说之，为数举烽火。其后不信，诸侯益亦不至。（《史记·周本纪》）

当我读到这里时竟有一丝快意，因为我看到一个内心沉重的女子终于大笑了，她的欢喜那么稀缺和来之不易，尽管这"乃大笑"千百年来不断遭遇怒目而视和义愤填膺。但她在那一刻或许感到了一种复仇的快意，被戏弄的人生终于在另外一种戏弄中得到安慰，这对一个不幸的生命来说难道不珍贵吗？

是非之道往往取乎大义，这自然不错。但烽火戏诸侯的人本就不是褒姒，她既没有内在动机也没有外在推波助澜，她只是置身事外地看着那些玩弄力量和被力量玩弄的人。一切经历足以让她知道，"玩弄"是命运奇怪的游戏，让人欲哭无泪，让人无能为力。

或许有人认为，周幽王固然愚蠢，但在这件事上至少可见他对褒姒的真实宠爱。其实这是不了解男性的权力意志，说到底，烽火戏诸侯是虚弱的君王对自我力量的狂想，这并不是基于爱，而是想通过极端的方式自我确认，确认自己的力量。但越是没有力量的人越需要确认，这是衰弱的必然表现。

现在要说明的是，烽火戏诸侯这个故事本身是可疑的，钱穆先生在《国史大纲》中，就对《史记》记载"烽火戏诸侯"之事提出疑义："此委巷小人之谈。诸侯并不能见烽同至，至而闻无寇，亦必休兵信宿而去，此有何可笑？举烽传警，乃汉人备匈奴事耳。骊山一役，由幽王举兵讨申，更无需举烽。"

但同时要说明的是，褒姒作为一个女性不幸故事的主体又是真实的，这样的不幸故事在整个历史轨道的罅隙中不断发生、不断消散。唯一不同的是，只有褒姒不笑与大笑的情形被嫁接于顶层社会的权力游戏中，以作道德教谕的蓝本。

美丽的下落

　　典籍钩沉，你会发现在很多政治力量的较量中，甜蜜的诱饵发挥着无可替代的作用。

　　西施作为四大美女之首，她不只让吴王色令智昏、身死国灭，而且其诱惑的力量在任何时代都是共有不变的。由于她本人缺少一个清晰可靠的履历，这让她本身就具有朦胧性和可想象性，以致她的形象经历了很多传奇的演变，她是美人典范，是美人计主角，是传奇小说中有着"夷光"之名的神女。

　　既然她是这样一个因为不确定性而被供上审美殿堂的女性，那么她获得快乐感受的可能性来自哪里呢？或许，西施存在本身就意味着某种审美愉悦性。

　　关于西施身世的记载颇有意思。《吴越春秋》卷九说勾践听闻吴王淫而好色便觉得这是一个可乘之机，于是让相国范蠡物色美女。范蠡"国中得苎萝山鬻薪之女，曰西施、郑旦"，就是说西施是个"鬻薪之女"。但是我们捧读典籍很快就会发现西施打柴鬻薪的形象并不为中国人所乐道，津津乐道的反而是西施浣纱的故事，这就意味着西施的身世从"鬻薪之女"摇身变为"浣纱之女"。

为什么会有这种变化呢?

因为甜蜜的诱饵要产生引诱之力首先在于其审美特质。"鬻薪之女"中的"鬻"字具有谋生性，形而下的烟火气太足，容易因为功利消解了审美的超越性，且"薪"是柴薪，枯枝败叶者多，它很难引起饱满润泽的联想。一个青春美丽的女子进入审美的视野往往需要超功利性，其陪衬之物应柔软或洁净。"浣纱之女"大约就是这种审美期待下产生的集体性建构，纱为轻细之丝织物，其特性与美丽女子的体态相近，与脱俗神韵的柔质有关。还要留心的是，这里唤起的想象不是洗衣之妇，不需要捣衣捶布的力量，"浣纱"是美丽女子与水共舞的艺术性想象，只需要纤纤出素手以为轻拂之姿态即可。

还有一个词足以说明中国人的审美性倾向，即"沉鱼"。这个词与落雁、闭月、羞花共同构成了对美丽女性的极度夸饰。假如西施浣纱、姿容沉鱼具有某种场景的真实性，一个女性首先就在自我审视上获得了某种愉悦——上天假以颜色，五官精致而容色过人，那流过的清澈的溪水以镜像的形式向临水照花的人描摹她自己。这种以水为镜的自我审视，浣纱的行为就被超越，她获得了美丽的自我确认，甚至带来对未来的某种希冀和假想。

　　作为勾践抛出的政治诱饵，是典型的以色侍人。这种强力面前的无可奈何，不知那点浣纱溪边、临水照花而来的人生信心曾遭遇过多么大的打击和挫败？由于意图本身荡漾着淫靡的气息，所以西施在吴宫里那段生活成为人们肆意牵强附会的部分，可正大光明地褒扬，也会遭遇不怀好意的揣测。

　　一个美丽的典范，最终是如何画上生命的句号？她下落不明，失落在哪一页历史的笔记里，我们已无从知晓。唯一知道的是，争吵或设想依然在继续。

　　　　南唐陆广微《吴地记》引《越绝书》云："西施亡吴国后，复归范蠡，同泛五湖而去。"

　　　　明杨慎《丹铅总录》云：《修文殿御览》引《吴越春秋》逸文为："吴亡后，越沉西施于江，令随鸱夷以终。"

　　上边两则逸文都不见于正史，是历代好事者、上心者对美丽线索的追踪和探索，芳踪何在作为一个问题再次开垦了国人想象的田野。到底是"泛湖"还是"沉江"？这是历史工作者要思考的问题，作为审美的对象，国人自会做出选择。"沉江"是男性世界忘恩负义、兔死狗烹的残忍构思，它生发不出任何温柔的生命体验，温度的欠缺必然导致美感的缺失。而"泛湖"则极大地满足了人们对于圆满结局的美好期待，那种期待里诞生爱情并孕育超越红尘的江湖故事。

有趣的是，材料里说，"西施亡吴国后，复归范蠡"，为什么是"复"呢？好吧，我相信有无数人相信这是真的，这种被相信的真实使作为香艳诱饵的西施获得了世俗的快乐。在吴王夫差吞噬她这枚甜蜜的诱饵时，她生命中的快乐只是被撕裂而已，但欣慰的是前后都有着落。"复"字就是告诉大家，她去吴宫前就被来自范蠡的爱情认领，她离开吴宫后又为范蠡所悦纳。勾践胜吴后，《越绝书》确实明白记载："范子已告越王，立志入海，此谓天地之图也。"范蠡乘舟浮海或许是可靠的。在中国历史上，江湖与官家对立，"立志入海"意味着开始与权谋世俗拉开了精神上遥远的距离，这种距离适合接纳西施这个不幸的美丽，不遭诟耻，隐姓埋名，从而与相爱之人获得了乱世中难得的自在和悠远。

就是如此，人们用这样的方式安置了一个女子的前因后果，善意的中国人愿意在任何无可奈何的悲剧和压迫里提供温柔的归宿。这是真实的西施吗？我想是的，美丽的下落永远在美丽的心灵里。

沉默是最后的自由

苏子在《赤壁赋》中曾有一言："惟江上之清风，与山间之明月，耳得之而为声，目遇之而成色，取之无禁，用之不竭，是造物者之无尽藏也，而吾与子之所共适。"说这话的时候正是他获罪被贬谪的时候，周遭险象环生的社会环境让他心有余悸，哪里才能获得一丝内在的安全感？在赤壁之游中他或许才悟到，社会是语言的修罗场，表达是自由也是罗网，说的同时也在被说，那些从他诗文中编织罪名的过程正是欲望世界的本质之一。对人来说，但凡有所求取必有禁忌，这是欲望的诱惑也是欲望的陷阱，只有人世之外的自然，那清风明月是没有禁制的，所以，若论自由，似乎是来自不被言说的时刻，因为自然不会臆测你，更不会言说你。

这让我想到了息夫人，那个因为自身沉默而被历史言说的女人。关于息夫人，有人说她是中国的海伦，因其目如秋水、容颜绝代而又被称为桃花夫人，先嫁息国国君息侯，息因她而引楚灭蔡，后息国又被楚所灭。国破家亡后，息妫被迫入主楚宫，成为楚文王的第一夫人。当然，在中国特有的历史语境中，我们不能说围绕着她或者就是因为她导致了楚、蔡、息的战争卷入，在纷争年代，女性有时候只是各种欲望交织中的一个并不高明却又很奏效的借口。

关于息夫人的历史叙事很多，但在历史学家眼中，还是《左传》中的叙述最为可靠。

> 蔡哀侯娶于陈，息侯亦娶焉。息妫将归，过蔡。蔡侯曰："吾姨也。"止而见之，弗宾。息侯闻之，怒，使谓楚文王曰："伐我，吾求救于蔡而伐之。"楚子从之。秋九月，楚败蔡师于莘，以蔡侯献舞归。（《左传·庄公十年》）
>
> 蔡哀侯为莘故，绳息妫以语楚子。楚子如息，以食入享，遂灭息。以息妫归，生堵敖及成王焉。未言。楚子问之，对曰："吾一妇人，而事二夫，纵弗能死，其又奚言？"楚子以蔡侯灭息，遂伐蔡。秋七月，楚如蔡。（《左传·庄公十四年》）

这样的历史叙事中，美貌似乎是必要的故事元素。《左传》的叙述是克制的，克制是历史叙事的幸运，因为这会减少言说者不必要的臆想。"蔡侯曰：'吾姨也。'止而见之，弗宾。"这两句的描写很有意思。先说关系，用今天的话说蔡侯与息侯就是连襟，这层亲戚关系本身就在阻隔着男女欲望的表达。但是息侯却"止而见之，弗宾"，如果没有猜错的话，应该是蔡侯被息夫人的美貌惊呆了，垂涎地直视，忘记了该有的礼节。这当然会被认为是调戏，息侯当然会怒不可遏。这是很有趣的现象，美貌是社会性的，众人可见的，但美貌又不断被据为己有纳入纲常伦理的框架之内，这是文明的表征与悖论，诱惑摆在明面上，但人仍旧能管理好本能的欲望就是文明的表征之一。

于是，在美貌面前的一次失常的表现，导致侮辱与被侮辱的双方走向阴谋与战争。很快，息侯引楚伐蔡，蔡又用息夫人的美貌撩拨楚王的欲望，楚遂灭息，杀息侯。战争落幕，命运的终章来到了息夫人身上，她的选择与命运开启了各取所需的言说。

但息夫人本身却不言说。谁也没想到她献给世人的命题是很长时间的沉默。"以息妫归，生堵敖及成王焉。未言。"关于"未言"这两个字有很多解释，有人认为是不说话，有人认为是不笑。而不说话又有两种解释，一种是不与楚王交谈，杜预注《左传》就明确说是"不与王言"；一种是不与楚王主动交谈，这种被学者们普遍认可的说法来自俞樾。他认为："言与语有别。《论语·泰伯篇》曾子言曰，皇疏曰：'出己曰言，答述曰语。'息妫之未言，盖王问之则对王，王不问及之则不自出言也。下文楚子问之对曰：'吾一妇人而事二夫，纵弗能死，其又奚言？'此即所谓答述曰语也。使谓息妫事楚王竟不出一语，下文何以随问随答，其应如响乎？"我想俞樾的说法之所以流行大抵还是因为这种说法更趋近于生活的真实，历史信息告诉我们，息夫人嫁给楚王后生了两个儿子，在这种枕席与共、朝夕相伴的情况下怎么可能一句话也不说呢？所以，俞樾说息夫人不是不说话，而是绝不主动说话，只要楚王不问她就不语。今天的我们似乎很难理解这种被有意构建起来的沉默空间，因为今天的人们可以言说的方式与途径太多了，不仅朋友圈很大，而且还有微信、微博等这些网络工具。但是息夫人不同，夫被杀国被灭身被夺，还要与掠夺者朝夕相伴，本就是仇人相见了哪里还有温情恩爱？但是她又摆脱不了，这是她在特定历史空间里的局限性，时代没有提供给她别的选择空间。

"吾一妇人，而事二夫，纵弗能死，其又奚言？"作为战争中被瓜分的部分，一个历史中的女性没有改变这种命运的力量，她也没有表达誓不合作的权利。息侯之怒本身也不见得是源于对她的珍视，那样的历史语境中，男性"力量与地位"被轻视和侵犯才是最终根由。而没有选择权利与选择力量的人，面对牢不可破的现实唯有沉默，沉默才是留给一个人最后的自由。

人生来是说与被说的，历史就是不断言说的过程。沉默的息夫人，那个后半生用不言不语守住最后立场的女子，怎么也没料到她的这种沉默会引起后世更大更多的言说。克罗齐曾经说过，"一切历史都是当代史"，历史中最初的那个事件本身有着在不断言说中失真的风险，因为言说者们在各自的当下总有着千差万别的言说意图。

历史上关于息夫人事的评述很多，史家文人各有立场。在西汉刘向《列女传》中，息夫人的故事已经被组合成了伦理道德的材料。

　　夫人者，息君之夫人也。楚伐息，破之。虏其君，使守门。将妻其夫人，而纳之于宫。楚王出游，夫人遂出见息君，谓之曰："人生要一死而已，何至自苦！妾无须臾而忘君也，终不以身更贰醮。生离于地上，岂如死归于地下哉！"乃作《诗》曰："谷则异室，死则同穴。谓予不信，有如皦日。"息君止之，夫人不听，遂自杀，息君亦自杀，同日俱死。楚王贤其夫人，守节有义，乃以诸侯之礼合而葬之。君子谓夫人说于行善，故序之于《诗》。夫义动君子，利动小人。息君夫人不为利动矣。《诗》云："德音莫违，及尔同死。"此之谓也。

在上面记载中，我们可以看到息夫人与息君已经成为纷纷殉情的恩爱夫妻，"贞节观的忠实信徒"这样的名号已经被叙述者强行戴到了息夫人的头上。这种不符合历史事实的装扮，早已把一个古代女性个体命运的难言与不言之尴尬彻底抹去。

当然，文人们也并未闲着。大诗人王维作《息夫人》："莫以今时宠，能忘旧日恩。看花满眼泪，不共楚王言。"在文学的世界中，息夫人成了红颜薄命令人同情的爱情坚守者，一个女性柔软的部分被想当然地放大了。当然，对息夫人也有批判的声音，晚唐诗人杜牧就有《题桃花夫人庙》一诗："细腰宫里露桃新，脉脉无言几度春。至竟息亡缘底事，可怜金谷坠楼人！"他把息夫人和晋代富豪石崇的爱妾绿珠比较，绿珠在权贵们的美色争斗中坠楼自杀，但息夫人却为楚王生儿育女，她几度春秋的沉默又有何意义呢？清代赵翼《瓯北诗话》中就认为这首诗是"以绿珠之死形息夫人之不死，高下自见"。恐怕息夫人怎么也不曾料到，在她对世界的无语中，她的沉默也会成为另一种言说，是沉默是默许？是反抗是屈从？她未曾发的声终究引来众声喧哗。

历史，是言说者不断用想象填补的历史，息夫人的故事早已充满了美色、阴谋、政治、战争、爱情、伦理等多种叙事元

素。可是，在历史言说之外，有些东西依然有着蓬勃的生命
力，比如沉默地说话，在喧闹的时代，寂静也许是更鲜明的态
度。

一次放肆的游戏

时间是两千多年前，地点是在船上。春秋霸主和他的夫人正在荡舟戏水。那个时代的刀笔吏是这样记述当时的情形的：

> 齐侯与蔡姬乘舟于囿，荡公。公惧，变色，禁之，不可。公怒，归之，蔡人嫁之。（《左传》）

在描述女子的相貌上，那时的史官实在是太简约了，他们似乎从不专注于女子的五官眉眼，仿佛"她们"只配作诱因、配角与道具。

但，当我们读到《左传》中这个语段，依然忍不住动用自己全部的关于美丽女子的印象去构想数千年前那个在船上跳脱且放肆的女子。是的，这个想象是完全有必要的，有人说过古代的女子是无声的动物，我们太需要在文字的简约里听到一个女子放肆的声音，那欢乐的激情，只需细细一想，似乎就可以听到"哈哈哈""呵呵呵"的清脆如铃的声音，那眉目便也因此而丰富润泽起来。

她的丈夫齐侯就是那个大名鼎鼎的齐桓公，那个时代，一个强大的男人很容易让周边小诸侯们主动献上家里的女眷们，蔡姬极有可能就是一大堆政治礼品中的一个。可是，养在深闺里的年轻女性，她们还是很天真的年华，那份稚气未脱的底色很容易在不小心的时节释放出来。

"齐侯与蔡姬乘舟于囿，荡公。"我们哪里可以看到模范群伦的诸侯与母仪天下的诸侯夫人的刻板形象？就像平常小夫妻一样，兴致所至，年轻的妻子不由自主地与自己的，对，一定要注意，是自己的丈夫，开起了玩笑。"荡舟"，水波荡漾，小舟轻摇，是船，也是女子的声影，更是一种因忘却束缚而来的青春心情。多美好的日常呀，这个女子也许是太欢乐了，她竟然忘记了自己身边这个男人不只是她的丈夫，更是角逐乱世的枭雄，或许连"丈夫"这个角色也是可疑的，他们和他们所有的存在本身就构成了野心、权力与铁血。

"公惧，变色，禁之，不可。公怒，归之"，在简洁的语言叙述里，我们依然看到那个欢快时刻里的跌宕起伏。齐侯是不是怕水我不知道，或者说他惧的是水还是因为此刻的放肆有让他丧失威严而沦入寻常丈夫的危险也未可知。只是凭着自古以来心机深沉的掌权者惯常的想法，我们完全可以推测，他们高高在上太久已无法把自己放到轻松自在的日常里。可蔡姬不同，年轻女性在婚姻生活中喜欢活在细节里，喜欢寻常的语言温暖与细节亲昵。可能是太开心的缘故，她忽视了丈夫的变色与呵禁。"不可"，这两个字依旧是太生硬了，如果史官们多一点人情味，应该是"我不，哈哈哈……""我就不，嘻嘻嘻……"，这样，今人读起来恐怕也会忍不住雀跃的。

齐侯，心胸还是太狭隘了。"公怒"是煞风景的，他活得太紧张，当然这也是政治生活本身教给他的。一般常人眼里，情绪的感染力十足强大，尤其是年轻人的欢乐，这种欢乐可以让饱经风霜、见惯世相的人也忍不住忘了"老之将至"的稳重与深沉。但齐侯竟然理智地埋葬了一个年轻女子的欢乐时光，我不忍去想象接下来的情节，蔡姬脸上刚刚灿烂绽放过的青春花朵是怎样突然凋零的？那突然爬上脸颊的悲戚是怎样挤掉容色的欢喜？也许，她有那么一瞬间的呆滞吧，她张扬的年华突然就冰封于理性世界的利弊权衡。

齐侯，志向还是太大了，他的心胸哪里舍得去装下一个女子的青春与欢乐呢？也许司马迁的记载会给我们提供更多的解释：

> 二十九年，桓公与夫人蔡姬戏船中，蔡姬习水，荡公，公惧，止之，不止，出船，怒，归蔡姬，弗绝，蔡亦怒，嫁其女。桓公闻而怒，兴师往伐。（《史记》·卷三十二）

　　司马迁的毒辣就在于太了解政治人物了，他知道，寻常人在生活中见事是事，政治家见事就是一系列的事。

　　司马迁记载"蔡姬荡舟"之事与《左传》的不同之处就在于看到政治人物情绪逻辑里的政治逻辑，司马迁连用三个"怒"，而这种"怒"所抵达的终点就是"兴师往伐"。我们太难用寻常人的眼光去忖度政治人物的心理了，但历史事实就是齐侯伐蔡，蔡弹丸之地，打败蔡国之后就兵锋南下，直指楚国。楚国人当然很蒙，著名的"风马牛不相及"就是楚人提出来的，我跟你八竿子打不着，为什么突然来打我呢？所以，齐侯这一系列的操作，蔡姬看似只是一个微不足道的起点，但仍让人不由得惊愕于王侯们那深沉可怕的心思。

　　蔡姬的未来是怎样的？春秋之战中恐怕难有人去关注这样一个微不足道的女子的下落了，她的政治价值是被当作了一系列战争的诱因，是莫名其妙的一种工具，被嫁，被遣，再被转嫁，在毫不犹豫到完全可以省略细节的政治思路里，她的青春美好、个人需求与向往在男性的游戏世界中了无痕迹。

惊觉里的喜感与哀感

　　一个等待命运支配的女人，心中期待与担忧如同两只搏斗着的兽物，彼此较量的后果是给那个当事的姑娘起伏不定的心绪。

　　帝王的婚姻故事里，确实缺少那种充满戏剧性的迷人的迂回，权力上的优势带来数量上的优势，他们是俯视的姿态，任意玩弄着那些在期待和担忧中坐立不安的女子。

　　王昭君是她们当中的一个。《汉书·元帝纪》上说："赐单于待诏掖庭王嫱为阏氏。"在并不复杂的介绍里有很多意味深长的词语。比如"赐"字，赏赐一个人与赏赐一件物品并不需要太多的心理纠缠，是一种兴致或者炫耀。这个时候汉朝实力强大，呼韩邪单于是来投靠汉朝的，一个女人被随便赠予强化了胜利者高傲的姿态。另外一个词就是"待诏掖庭"，掖庭是婕妤以下的妃子居住的地方，"待诏"二字对君王来说意味着过于富余的占有，他的兴致或欲望的饱和度决定了那些女人们的期待与担忧哪一个会成真。对女人们来说，这是一种并不文明的拥有，数量上的失控本身就意味着她们存在价值的弱化，她们被权力粗暴地聚拢，然后等待挑选或遗弃。

昭君的美丽有多少独特性或辨识度，历史并没有给出明细，但受到赏赐的呼韩邪高兴极了。《汉书·匈奴传下》记载为"元帝以后宫良家子王嫱字昭君赐单于。单于欢喜"，单于的欢喜一者认可了昭君的身份，一者认可了昭君的姿色。身份上是待选的妃嫔，姿色上是可乱方寸的吸引力，因为这个男人随后就激动地上书表态，说要"保塞上谷以西至敦煌，传之无穷，请罢边备塞吏卒，以休天子人民"。

当然，这不是故事有趣的部分。

昭君出塞的故事虽然经过了历代政治家们的精心涂饰，加上了家国大义的道德筹码，但她的悲剧性依然在民间得到认可，独留青冢、环佩空归是杜甫这个大诗人的慈悲总结。戏剧性的一幕出现在范晔的《后汉书·南匈奴列传》：

> 时，呼韩邪来朝，帝敕以宫女五人赐之。昭君入宫数岁，不得见御，积悲怨，乃请掖庭令求行，呼韩邪临辞大会，帝召五女以示之。昭君丰容靓饰，光明汉宫，顾景裴回，竦动左右。帝见大惊，意欲留之。而难于失信，遂于匈奴，生二子，及呼韩邪死，其前阏氏子代立，欲妻之，昭君上书求归，成帝敕令从胡

俗，遂复为后单于阏氏焉。

在范晔的记述中，我们看到昭君更为细致的部分。出塞和亲变成了她主动的选择，原因可能是汉元帝攫取的女性太多，选择上力有不逮，郁郁葱葱的生命活力势必导致帝王的顾此失彼。"昭君入宫数岁，不得见御，积悲怨"，我们就此可以看到昭君是有清晰的生命期待的，她知道自己的容貌价值，当这种价值得不到应有的回馈，有悲有怨是情绪里长势旺盛的杂草，与其枯寂莫若放肆就成了古典女性的一种选择。

这也是一种报复吗？我觉得应该是的，因为我们从汉元帝的慌乱里看到了喜感与哀感交融的戏剧效果。所不同的是，在《后汉书》里变成汉元帝的批量赠予，赏赐由一个变成了五个，但另外四个很显然在艺术效果上成为衬托昭君的牺牲品。"丰容靓饰，光明汉宫，顾景裴回，竦动左右。"昭君之美第一次正面出现，让人不由感叹世间美好的东西真的就如同光一样，它可以在一瞬间照亮周遭，顾盼流转皆成妙景。汉元帝终于惊觉了，原来自己宫中有如此美丽的颜色！但这种惊觉随即构成对汉元帝巨大的反讽，数年之间为何不曾发现这样的美好？是数量上的失控还是权力上的放纵？

这是一个有喜感的场面，帝国在手的人居然生出了为一个女子而出尔反尔的念头。"意欲留之"是对等了数年的昭君最尴尬的回应，她的美之价值终于得到了认定，但可哀的是事情已经没有了回旋的余地。汉元帝在"难于失信"的纠结中，还是给出了权衡利弊的取舍，在政治衡量中，昭君的命运被重新评估，弱势的女子在被赐予的盛大场面里迅速燃烧又迅速熄灭。

或许很多人还记得《孔雀东南飞》里刘兰芝被遣送还家时的精心容妆，她在最悲伤的故事里为何还要把自己打扮得那样完美？其实，这才是一个女子在无可奈何里唯一的武器，让对方的忽视与误判在惊觉中成为一种遗憾，让那些遗憾的容色目送自己离开的背影并稍稍填补命运那巨大的空洞。

工具与被期待的工具

　　司徒王允归到府中，寻思今日席间之事，坐不安席。至夜深月明，策杖步入后园，立于荼蘼架侧，仰天垂泪。忽闻有人在牡丹亭畔，长吁短叹。允潜步窥之，乃府中歌伎貂蝉也。其女自幼选入府中，教以歌舞，年方二八，色伎俱佳，允以亲女待之。是夜允听良久，喝曰："贱人将有私情耶？"貂蝉惊跪答曰："贱妾安敢有私！"允曰："汝无所私，何夜深于此长叹？"

　　这是罗贯中《三国演义》第八回"王司徒巧使连环计 董太师大闹凤仪亭"中王允与貂蝉的一段对话，令人惊心的是貂蝉的那句"贱妾安敢有私！"。为什么不可以有"私"呢？一个自然的生命，即便是情爱也应该是允许的、健康的，貂蝉的"惊跪"却反映出她巨大的惶恐。

　　原来貂蝉是王允自幼选入府中的歌姬，所谓歌姬不过正如文章中所说，是以"色伎"娱人而已。这里面有个逻辑关系，"自幼选入"说明貂蝉无依无靠或父母不足依靠，"允以亲女待之"看似是一种幸运，"色伎俱佳"却又是这种亲密关系的前提，那么"以亲女待之"就变得可疑。

再看王允的表现，因董卓在大会百官的时候杀大臣张温以儆百官，令他"坐不安席"，可是当貂蝉在牡丹亭畔长吁短叹的时候，他却"听良久"，这种警惕与疑心程度绝非"以亲女待之"的关系所该有的姿态。于是，答案便只有一个，貂蝉只是他养在府上的工具人而已，对于一个工具人他务必要警惕"她"的纯粹性，"私情"则是最有破坏力的东西。幸而，貂蝉作为工具人的纯粹性在接下来的话语中得到了淋漓尽致的体现：

> 蝉曰："妾蒙大人恩养，训习歌舞，优礼相待，妾虽粉身碎骨，莫报万一。近见大人两眉愁锁，必有国家大事，又不敢问。今晚又见行坐不安，因此长叹。不想为大人窥见。倘有用妾之处，万死不辞！"
>
> 貂蝉曰："适间贱妾曾言，但有使令，万死不辞。"
>
> 貂蝉曰："妾许大人万死不辞，望即献妾与彼。

妾自有道理。"貂蝉曰："大人勿忧。妾若不报大

义，死于万刃之下！"

以上这些对话充满了绝对的政治正确和男性视角下的义无反顾。我们很难想象这些话语是出自一个女性的口中，"万死不辞"几乎成为一种笼罩在人性之上的铁甲，"表态"已然泯灭了有温度生命本该有的温情和细腻。于是，我也不敢想象我们是怎么定位"四大美女"的，貂蝉的列入是基于什么标准？什么期待？什么理想？

或许更令我们惊讶的是，貂蝉只是三国故事里一个"色香味"俱全的艺术材料，没有任何可靠的史料足以证明她真实存在过。马瑞芳老师就曾说，貂蝉是"横空出世"的人物，四大美女中西施、王昭君、杨贵妃，这三位在历史上都确有其人，唯貂蝉"形迹可疑"。没有史料做证的女子，何以存在？何以成为四大美女？但事实是，貂蝉反而成为古代艺术创作所热衷的形象，并且正因为其真实性的缺乏，她成为被任意涂抹的文艺道具。朱大可先生总结过各种艺术作品中貂蝉的结局，共有七种，在此试举两例，比如昆剧《斩貂》细述吕布在白门楼被曹操斩首，貂蝉被张飞转送给了关羽，但关羽拒绝受纳这位污点美女，并且因为怕貂蝉为他人所玷污，于是乘夜传唤貂蝉入帐，拔剑痛斩美人于灯下，动机高尚地保全了貂蝉的名节；

再如杂剧《关公月下斩貂蝉》，貂蝉又成为曹操手中的情色工具，欲以美色迷惑关羽，貂蝉使出浑身解数，上下挑逗，关羽心如磐石，断然铲除了这个情色后患。除这两个例子外，还有一些拔高貂蝉的艺术创作，要么出家为尼，要么爱上关羽并因爱自杀，要么被关羽纳为小妾。

总之，我们看到一个并未真实存在过的人物被以假乱真，充当了政治言说的工具、伦理言说的反例和道德言说的余料。正是如此，我们才可以看出，"四大美女"中的貂蝉作为情色工具也好文学材料也好，始终是没有自我的，而"自我"才是人的魅力之所以存在的基本前提。

为什么古人要集体杜撰这样一个没有"自我"的绝对美女呢？这正好证明了中国传统男性世界里的一种隐秘动机，女性，尤其是美丽女性，最好是不要有充分的内在与美丽的灵魂，因为这些东西的存在就意味着反叛与不合作。他们需要一个美女符号，纯粹的，绝对美丽，绝对立场，绝对服从，如此才能真正施展极致的身体魅术去为男人的游戏世界服务。我们再看看王允那夸张的姿态吧。

　　允以杖击地曰："谁想汉天下却在汝手中耶！随我到画阁中来。"貂蝉跟允到阁中，允尽叱出妇妾，纳貂蝉于坐，叩头便拜。

在这里，女性的力量是怎样被放大的？是在被作为工具的时候，工具的力量干脆直接，而情感的力量是不稳定的力量。玩弄权势的人，最期待的就是纯粹的工具的力量，王允的"叩头便拜"拜的不是女性而是一种被理想化了的工具以及这工具所表征的力量。

如是，我们便可理解貂蝉何以存在，她填补且满足了道德家、政治家、文艺创作者们的女性想象和异性期待，她不存在，却又一直存在着。

反省的自觉

文学的意义到底是什么？这或许是一个深奥的话题，可以拓展到很多关乎哲学、美学之玄妙的边界，但也可能很简单，文学本身只是为人类提供了反省的可能。

元稹的悼亡诗《遣悲怀三首》正是这种文学式反省的范例。

只有在元稹的反省中，我们才慢慢抵达一个女性的生活世界与心理世界，当她的部分细节进入文学反省的视野，便获得了具有传奇性的感人力量。

遣悲怀三首（其一）

谢公最小偏怜女，自嫁黔娄百事乖。

顾我无衣搜荩箧，泥他沽酒拔金钗。

野蔬充膳甘长藿，落叶添薪仰古槐。

今日俸钱过十万，与君营奠复营斋。

　　这首诗中的女主人公是韦丛，她出身豪门，是太子宾客韦夏卿幼女。这种显赫的身份对二十四岁初入仕途的元稹来说无疑是一份丰厚的政治资本。按理说，这种多少有些动机不纯的两性结合往往隐伏着婚姻生活的巨大败笔。然而，出人意料的是韦丛与元稹的婚姻居然在文学史上留下了令人印象深刻的注脚，他们恩爱甚笃，在短短七年的相伴里留下了足够回忆一生的爱情资产。

　　《遣悲怀三首》（其一）首先用谢公偏爱侄女谢道韫和齐国贫士黔娄两个典故喻指妻子和自己，言语之间看到了二人在身份上的不对称。不对称而欲求幸福，务须二人共同努力向中间靠拢，所以，元稹勉力于仕途，韦丛勉力于生活。我们在这首诗中看到了他们在贫寒生活中几件琐事：见我无衣，贤妻搜遍竹箱；酒虫上脑，求她拔金钗换酒；三餐无着，野菜充饥却甘之如饴；柴薪不足，需仰仗古槐的枯枝落叶。这里的每一个动作，"搜"也好，"拔"也好，"仰"也好，无不是艰难日常里的拼尽全力，所谓普通人的幸福生活甚少琴棋书画诗酒花，风花雪月常常遮蔽了生活的平淡，见平淡而不失意于平淡才是深功夫、大情感。

　　不知道元稹在什么样的境况写下这些文字的，但时间上一定是一个漫漫长夜，因为只有在周遭寂寥的长夜，情感的触角才会四处弥漫而不可遏制，那个早逝的贤惠的妻子如永失的宝

藏，在一个诗人的记忆里，在过去暗淡的岁月里光芒闪烁，而
这种光亮愈加显得当下虚空无依。从韦丛的出身来看，定是知
书识礼的女子，在她的天性与教养中一定有着超强的精神力，
否则她无法在"百事乖"的婚姻生活里做到心甘情愿甚至甘之
如饴。元稹所细心回忆的部分，正好说明了这种精神力的强
大，因为从最受怜爱的豪门幼女到贫寒人家贤惠体贴的妻子，
这样的身份转换是生活水平上的巨大下跌，如果缺少必要的精
神力支撑，一般人难以处理好生活上的刻苦与精神上的苦恼。
但韦丛那些真实又天真的动作，那些平淡场景里的生命形态，
使我们再次相信爱情，或者再次认同爱本身就是一种信仰，这
种信仰构成了一个人的强大精神力。

　　写到这里，我甚至克制不住地想，一个文人的成功，生命
中必定要遇上美好的女性，元稹如是、欧阳修如是、苏轼也如
是，那些美好的女性不管是妻子、红颜还是母亲，她们的品德
与修养最终都丰腴了文学最深情的部分。

　　当然，这首诗的深刻的意义还不在于简单的愧疚和缅怀。
元稹的悲痛还在于人生意义的困局。韦丛的生活细节正好反映
出古代男性在两性关系上存在着反省意识的迟滞甚至缺失，比
如韦丛艰难经营着贫贱生活的时刻，元稹常常是缺位的。那
个时候一个男性的勃勃野心在官场、在仕途，他忽略了或者说
顾及不到家计日常里的琐碎不堪，"泥他沽酒拔金钗"就是

明证，一个"泥"字不是无知便是漠视。那时，元稹，一个男子，对家庭生活尚且缺少温情且细致的体贴。

直到失去生活中最重要的女性以后，生活的重要缺位才提醒他那个女性的无比重要，以前是重要的爱人和妻子，现在则是生命的重要寄托。诗人敏感的心灵于是被唤醒，心绪羁留于往日种种，往日种种皆不可再，迟到的文学式反思就此到来，《遣悲怀三首》应运而生。当然，这种文学式反思里还有一层就是人生何以有意义？《遣悲怀三首》（其一）最后一联"今日俸钱过十万，与君营奠复营斋"。在温情回忆里突然谈到"俸钱""营奠复营斋"显得生硬和不协调，但元稹此诗不同于一般悼亡诗就在于此，他通过当下的反思直面失去与获得之间的巨大错位。一个人付出巨大心血所换来的获得，比如"俸钱过十万"，其实是为了那个苦苦操持生活的女子，但那个女子现在已然失去。现实的荒诞感让一个男性的追求、努力及其价值遭到了否定，内心突然的虚空，让他感到人生某些必然的缺憾，拼尽心力的获得是否值得？

这就是元稹面临的人生命题，当然也是我们每一个人都将面临的人生命题。圆满何其难？获得与失去造成的缺憾是每个人心里深处的阴影，一旦反省的自觉到来，你将如何重新确立人生的意义？

呜呼，人生的缺憾感是不是一种常态？

带血的荔枝

这一定是非常美艳诱人的场景：美颜丰颊，丹唇皓齿，柔嫩如春荑的手指正将一颗莹白如软玉的鲜荔枝送入口中，合齿一咬，汁水四溅，食色交融所带来的快感竟如闪电般击中一旁欣赏的帝王的百骸九窍。

这一刻，帝王心中定然感慨：如此美景，便是天大代价也是值得的！

这个代价究竟有多大，作为历史朗读者的我们可能体会不到那种具体和真切，我们只能看到历史的结论，却看不到太多血泪交融的细节。杜牧的《过华清宫绝句》（其一）激发了我对杨贵妃与荔枝这个奇特历史图像的最初想象。

长安回望绣成堆，山顶千门次第开。

一骑红尘妃子笑，无人知是荔枝来。

　　美丽与壮观是大唐的基本形象。骊山景致宛如团团锦绣，山顶上华清宫门依次打开。这个场景当中有一场旷世的奢望与期待——在运输业并不发达的时代，要在与产地悬隔数千里外的长安吃到新鲜的荔枝。诗歌似乎有意设置了一种无形的屏障，宠妃满意的笑声是可以听到的，但人们无由忖度这"笑"的起因和缘由，这是超越普通人想象的权利输出，无尽资源的调动只为满足一个人的口腹之欲，你只能看到极其有限的一面：那匹飞奔的快马，那尘土飞扬的场景。

　　紧迫的场景最终消解在了欢笑声中，这时，你才能发现，荒诞与黑色幽默大多诞生于声势浩大的平常。

　　后来读到马伯庸的小说《长安的荔枝》。这是一个痴迷于历史细节的作家，他在本书的文后说明中说："如果你用周德文（一个明朝的基层小吏）的视角去审视史书上每一件大事。你会发现，上头一道命令，下面的人得忙活上半天，有大量琐碎的事务要处理。光是模拟想象一下，头发都会一把一把地掉。"可是如果是真"大事"也还罢，权利如臂使指的下沉本就如此，最可怕的是荒唐"小事"作"大事"，下层做事者的那种苦悲就难以想象了。

　　小说家的伟大之一就在于善于用想象的真实反映本质的真实。马伯庸在小说中虚构了一个叫李善德的九品小吏在被同事

的坑害之下成了荔枝使，其核心任务就是要赶六月一日杨贵妃
诞辰之日把一日色变，二日味变，三日香变的荔枝从五千里外
的岭南运往长安。区区一个九品小吏，在执行任务中被地方官
员为难、追杀，不敢再信任任何人，靠压榨自己的身体完成朝
廷命令，最后被弹劾，流放岭南。

　　最令人震撼的是数字，很多历史大事在落实的过程中都会
演变成数字，而马伯庸的高明处就在于他把李善德设置成一个
明算科及第的精通算数的循吏。老实巴交的李善德为了完成任
务以保身家性命，在不断的模拟和实践中得出了大量数据，比
如：

　　　　这一份新鲜荔枝的转运之法，关涉物候、邮驿、
　　州县、钱粮等几大领域，内中细碎繁剧之处，密如牛
　　毛，外行人根本难以想象。从驿站之调度、运具之配
　　置、载重与里程之换算，乃至每一枚荔枝到长安的脚
　　费核算。几乎每一个环节，都须做到极细密极周至方
　　可。这件事牵一发而动全身，一处思虑不当，便很可
　　能导致荔枝送不到长安。

　　　　李善德在规划好的那一条荔枝水陆驿道上，配置
　　了大量骑使、驿马、快舟与桨手、纤夫，平均密度达

到了惊人的每六十里一换，换人，换马。而且根据道路特点，每一段的配置都不一样。比如江陵至襄州中间的当阳道一带，官道平直，密度便达到了三十里一换；而在大庾岭这一段盘转山路上，则雇请手脚矫健的林邑奴，负瓷取直前行，让骑手提前在山口等候。

荔枝转运路程四千六百里，所涉水陆驿站总计一百五十三处，每驿月均用度该四十贯，半年计有三万六千七百二十贯；每站附户按四十计，一共有六千一百二十户，丁口约万人，荔枝钱总有两万贯上下。合计五万六千七百二十贯。

援引上述语段，目的只有一个，贵妃一笑的背后牵动宏大的筹算过程，从小吏到地方大员，从地方大员到朝中权宦，从朝中权宦再到卫国公杨国忠，各色人物不计成本地承欢于一人，只为了成功将岭南的荔枝运抵长安，博得贵妃一笑。

高尔泰在《艺术的觉醒》一书中有一段话很适合评点上述数据，他说："在那些庄严美丽的古文化遗迹的后面，横卧着人类亘古的苦难。……那一切无谓的牺牲，那一切历史非生产性开支，究竟是谁来支付？又是谁来收受？"据此去审视杨贵妃喜食新鲜荔枝一事，如此数目庞大的投入当中换来的却是妃

子一笑，这种开支不正是"非生产性开支"吗？连小说中的杨
国忠也说："要说那荔枝的味道，我吃了一枚，就那么回事儿
吧，不算太新鲜。不过圣人看中的是心意，贵妃娘娘高兴，他
也就心满意足了。"这就是权力顶层的游戏，但这游戏的成本
却要底层人民来担负。

> 黄草驿每月用度三十六贯四百钱，由附户二十七
> 户分摊，每户摊得一贯三百四十八文。长行宽限半
> 年，等若每户平白多缴八贯，再加上折免荔枝钱，每
> 户又是一贯五百钱。

> 这些农户俱是三等贫户，每年常例租庸调已苦不
> 堪言。下官去找到的那个村落，家无余米，人无蔽
> 衫，连扇像样的屋门板都没有。如今平白每户多了九
> 贯五百钱的负累。让驿长如何不逃？让村落如何不
> 散？

> 右相可知道，为了将这两坛新鲜荔枝送到长安
> 城，在从化要砍毁多少成树？三十亩果园，两年全
> 毁。一棵荔枝树要长二十年，只因为京城贵人们吃得
> 一口鲜，便要受斧斤之斫。还有多少骑手奔劳涉险，

多少牧监马匹横死，多少江河桨橹折断，又有多少人为之丧命？

精通算术的小吏终于为我们算清了这些"非生产性开支"，也在李善德的追问和质询下为我们揭开了历史简笔勾勒处隐藏着的血肉模糊的历史细节，这些细节往往为轻浮的美艳所遮蔽，是华清池的脂粉、是牡丹花下的轻舞、是春风拂槛的华宴、是贵妃的莞尔一笑掩盖了它们。

看到这些，我总会忍不住去悬想，杨贵妃到底是怎样一个人？《新唐书》这样描述她："善歌舞，邃晓音律，且智算警颖，迎意辄悟。"以色艺事人倒不必苛责，这是历史空间中无法摆脱的性别属性，但"智算警颖"的她总该知道自己这荒唐的喜好将带来多大的牵扯。

这倒令我怀疑起这个古典女性的良心了，在我看来，美丽，这个令人骄傲的资本，如果拥有善良的话便更接近于神灵。如果不是，那丹唇皓齿间的荔枝怕会从其嘴角留下食民的鲜血吧！

不觉之间夕阳衔山，盛唐终于走向了属于它的黄昏。贵妃缢路祠下，为天下所杀。

醉在斯人？罪在何人？

山河壮心河

　　权力，在艺术世界中是一个被警惕的对象，其"玩弄"的前缀往往用机心破坏着艺术的纯粹。但是，权力本身的力量性在人格的正向塑造上依然有着不可忽视的价值。这确实是一种很令人尴尬的承认，我们太喜欢置身事外去谈权力，去冷峻地揭露和批判，华彩幕布后面的黑暗常常令人敬而远之。可是，历史有些侧面，依然为权力提供了些有力的佐证。

　　在女性的文学性书写中，闺阁楼亭、扑扇流萤便是她们的作品，独坐独酬独唱独卧便是她们的凄凉心境，这是社会角色所赋予的视野、社会文化所给予的空间。西蒙·波伏娃在《第二性》中提出："一个女人之为女人，与其说是'天生'的，不如说是'形成'的。"古典女性的书写天地不是"天生"的，却是先定的。可喜的是，依然有少量的女性超出了这种先定的范畴，到底是什么赋予了她们力量是一个尚需研究的问题。

　　上官婉儿的女性书写历来被认为是拟男性化书写，她在男性的权力游戏中形成了女性的另一面，指点江山、意气风发的诗文，字里行间洋溢着"雄性的豪迈"。追根究底，权力依然在女性的香粉世界里开出了别一番天地，"山河壮心河"的内外关系也依然是构建艺术世界的必然因素。

山河，可以是自然的山河。《全唐诗》现存上官婉儿诗歌32首，有25首都是描写山水。在古代，女性的脚步能丈量多少山河？这个量本身就是有限的。只有在上官婉儿的时代，开放的社会风气与武则天所打造出的政治环境才能赋予女性别样的山河审视力。《九月九日上幸慈恩寺登浮图群臣上菊花寿酒》《游长宁公主流杯池二十五首》《驾幸新丰温泉宫献诗三首》《驾幸三会寺应制》……这些应制、宴游之诗的标题都在隐隐向后世之人传递消息，"上幸慈恩寺""长宁公主""驾幸新丰"这些词语的背后都显现出权力对一个女性世界的巨大支持，这与一般闺阁出游不同，上官婉儿是在宏大的权力架构下走近山水的。"玉环腾远创，金埒荷殊荣。""登山一长望，正遇九春初。""水中看树影，风里听松声。"等等句子无论意象的选取还是诗意气象都没有闺阁之气，恍然有士大夫胸中英气。但这种山水书写又不是刻意模拟，张说《上官昭容集序》说她"开卷海纳，宛若前闻；摇笔云飞，咸同宿构"。比如她在《游长宁公主流杯池二十五首》（其十三）中便写道："凿山便作室，凭树即为楹。"虽然表现的是返璞归真的愿望，字里行间洋溢着的却是雄性的豪迈。这与我们习见的女性春花秋月式的书写迥然不同，因为飘逸与洒脱的诗境构造必然需要阔大的胸中丘壑与眼中世界。

山河，也可以是政治意义上的山河。在中国的政治话语中，"鼎定河山""还我山河""一统河山"这些词语中的山河或河山其实就是权力意志的体现。上官婉儿《驾幸新丰温泉宫献诗三首》（其一）起句便是："三冬季月景龙年，万乘观风出灞川。"此间王者出行，周观天下的霸气隐隐而出，"万乘"是雄性世界力量的表征，加之骏马于三冬季月的霜原奔驰，一个在随行中的女性，必然被这种气势所感染，浩然之气难免在胸中激荡，已然开辟出寻常女性所不能见的视野。《驾幸新丰温泉宫献诗三首》（其三）收束则是："岁岁年年常扈跸，长长久久乐升平。"她所表达的政治站位是国家立场的，这是作为朝臣才有的愿景和希冀。这里我们倒是可以和李清照的"至今思项羽，不肯过江东"联系起来，李清照此诗虽然也气魄非凡，但很显见的是那是极其个性化的张扬，她没有把这种力度放到国家治理的视角，其原因就在于她与男性权力世界的距离。上官婉儿作为朝廷女官，仕途顺畅，不管是空洞的歌唱还是由衷的抒发，都是她在政治权力场充当角色的产物。

当代法国女性主义哲学家露丝·伊瑞格瑞认为："在男权社会中，如果女性不安于这种被想象、被思索的纯客体地位，努力成为主动想象和思索的人，那么男性的主体地位就会被破坏，女性的颠覆力量就在于此。"不容置疑的是，权力本身并不能生长文学，但在女性被压抑的空间中确实有着破局的威力，一旦被内秀的女子抓住，必然有着一番新天地。特殊的时代给了上官婉儿特殊的机会，打开了她女性审美的另一扇窗户。

自然，权力是一把双刃剑，它在不同的时代和政治环境中有着天差地别的作用。它可以无情地斩灭许多人性光明的一面，同时它也可以赋予人开创的力量。正如同陶渊明及其时代，权力本身带给人的就是一种撕扯，撕扯的结局无非就是抑郁与痛苦，是文学天地中的仰天长叹和血泪耕耘。但对女性来说，即便她们在权力场中那令人惊艳的命运弧线多数都有着不幸的落点，但很多女性书写者却可以拥有与男性一样的主体意识，她们会像那些成功的"士大夫"一样找到突破闺阁的门禁卡，去看到"天下"这个抽象又可伸缩的边界，并以与男性平等的视角审视整个时代。

权力，令女性从自我的局限中抽离，宏大与细腻的相接，别有风味。

在情感艺术的面前献身

不幸的事情最易成为记忆的刻刀，在针砭骨肉的惋惜与感慨中延长了故事的生命，比如那些不幸的爱情与婚姻，每看一回，便叹息一回，增几分现实的危机感与自珍自惜的教训。

陆游与唐婉的故事正是如此，一直处在人们惋惜遗憾的视野下，他们情感的历史价值被不断抬高，在破碎中反而成了情感的完璧与范本。但是，总有但是，在现实的那时与现实的当下，这份被传唱的情感故事，依然需要再次审视。

余弱冠客会稽，游许氏园，见壁间有陆放翁题词，笔势飘逸，书于沈氏园。辛未（1151）三月题。放翁先室内琴瑟甚和，然不当母夫人意，因出之。夫妇之情，实不忍离。后适南班士名某，家有园馆之胜。务观一日至园中，去妇闻之，遣遗黄封酒果馔，通殷勤。公感其情，为赋此词。其妇见而和之，有"世情薄，人情恶"之句，惜不得其全阕。未几，快

快而卒。闻者为之怆然。此园后更许氏。淳熙间，其壁犹存，好事者以竹木来护之。今不复有矣。（南宋陈鹄《耆旧续闻》卷十）

陈鹄是南宋人，称亲见陆游的沈园题壁词，可信度较高。今日传唱流行的词如下：

　　红酥手，黄滕酒，满城春色宫墙柳。东风恶，欢情薄。一杯愁绪，几年离索。错、错、错。　　春如旧，人空瘦，泪痕红浥鲛绡透。桃花落，闲池阁。山盟虽在，锦书难托。莫、莫、莫！

这首词词意不过两层。一者念旧，想当年青春欢情，夫妻恩爱，不料外力阻挠，成离索之悲；一者伤今，情义虽在，但一个再嫁，一个另娶，中间已隔无形山海，竟至于锦书难托，徒有摇首而已。所谓阴差阳错在于当年不幸，所谓无巧不成书在于今日偏又巧遇。或许早已寂灭的心还藏着火种，时间的风到了，便要闪出火红的光来。那唐婉已是有夫之妇，竟然主动"通殷勤"，还送来了黄封酒和果馔。这在一个天性浪漫的诗人看来，在时间的尘埃里重新显现的火星自然具有天然的悲剧效果，诗性的烛光供奉的本就是可望而不可即的远方。现实伦理的阻隔，让艰难延续的旧情有了不同寻常的光芒。于是，陆游感觉到痛和无力感，同时又有悲壮感。前者是现实的，后者是艺术的，诗性的。我们从陈鹄的记载中可以约略感受陆游当时走进诗性世界的艺术形象。"笔势飘逸，书于沈氏园"，这记载应当不误，对一个一流的诗人来说，情感的饱满程度会使眼耳鼻舌身意在瞬间达到非常交融的地步，书于"壁间"正是这种饱满与交融的再现。哪里还有磨墨展纸的从容，意在笔端，龙飞凤舞，一泻千里，正是苏轼所谓"万斛泉水，不择地而出"的境界。

所以沈园题词，是一个诗性的生命面对现实的无奈进行的艺术性释放，他并不计较现实的得失与功效，但这一行为结束，情绪归于平静，陆游重新走入理性的世界，依然是那个世人眼中的爱国诗人，他要关怀的世界太辽阔了。

可是唐婉不一样，她的社会性别决定了她所关怀世界的疆域大小。陆游题壁后，唐婉偏又"见而和之"，不仅在陆游那里感受到了情感的回音，还激起了自己更加危险的情感浪潮。然而，她不知道，在特定文化背景下，对这次情感释放的处理，她和陆游是截然不同的。唐婉所和之词为：

世情薄，人情恶，雨送黄昏花易落。晓风干，泪痕残。欲笺心事，独语斜阑。难！难！难！　　人成

各，今非昨，病魂常似秋千索。角声寒，夜阑珊。怕
人寻问，咽泪装欢。瞒！瞒！瞒！

综合比较来看，陆游的意象选择与情感表达是向外求的，比如"宫墙""东风"，皆是指向人生因外力而不可得的境遇，"人空瘦，泪痕红浥鲛绡透"等语也是对唐婉别后生活的想象，终了也无非指向"莫、莫、莫"的现实无力感的表达。然而，唐婉的女性书写截然不同，她是词作指向女性自我生命的彻底交付。虽然词的起手也是"世情薄，人情恶"，但接下来的"泪痕""独语""病魂""咽泪装欢"等叙述都指向了一个女性内部世界的煎熬与痛苦，她无法像陆游那样痛得痛快淋漓，反而因情感之痛而病入膏肓，"未几，怏怏而卒"正说明，和一首陆游的《钗头凤》并未使她的积郁得到疏解。

所以，写作表达是一种很神奇的事情，对有的人来说，它是情感的通道，即司马迁所说的"此人皆意有所郁结，不得通其道，故述往事、思来者"。可对有的人来说，诗心与现实的缠缠会使生活本身无出路，又尤其是生活空间本就逼仄的古典女性，表达即全部，怎能不"病魂常似秋千索"呢？

那么，现实的问题是唐婉如何才能活下来？

故事的另外一些记载或许会给我们一些启发。宋末元初文学家周密在《齐东野语》卷一也提到了这段逸闻：

陆务观初娶唐氏，闳之女也，于其母夫人为姑
侄，伉俪相得，而弗获其姑。既出而未忍绝之，则为
别馆，时时往焉。唐后改适同郡宗子士程。尝以春日
出游，相遇于禹迹寺南之沈氏园，唐以语赵，遣致酒
肴，翁怅然久之，而赋《钗头凤》一词题园壁间……
实绍兴乙亥岁也。

周密的叙述与陈鹄的叙述情节大致相同，所增添内容中明
确了唐婉改嫁丈夫为赵士程，而令人惊讶的是还多了"唐以语
赵"这一细节。根据这一细节，我们可以做很多合情合理的推
测，对赵士程来说，妻子与前夫相遇本就是一个很微妙的生
活事件，因为特殊的过往关系决定了他们是最熟悉的"陌生
人"。可意外的是，唐婉要给前夫"遣致酒肴"，是向现在丈
夫告知了的，更令人意外的是现在的丈夫并未见阻碍或问询之
语。尽管历史的真相我们不得而知，但这两重意外已足以向我
们说明，唐婉与现任丈夫赵士程的关系是非常敞亮、包容甚至
和谐的。

不幸中的万幸，改嫁后的唐婉并未遇人不淑，她没有抑郁
成疾的理由。那么她之死，就或有某种被夸大的成分在。

庄子说："相濡以沫，不如相忘于江湖。"用之作爱情的
解药倒是很有些效力，可是，文化性期待并不如此，群体性建

构的动机里不希望它有效，正如不希望唐婉幸福地活着一样。倒并非质疑了陆游和唐婉的爱情，而是他们的故事被歌颂与传唱的文化动机是值得深思的。不幸的由头其实源自陆游的母亲，"不当母夫人意，因出之"，这其中的文化逻辑显得非常自然，在母亲和妻子之间，"因出之"是顺理成章的选择。陆游的情感与痛苦未必为假，但这并不影响他的选择，这种选择是文化使然，它有着广泛的群众基础。正因如此，这个故事在传唱中，唐婉的情感质地被圣洁化，她坚贞不渝地为陆游付出了生命。是的，这是那个时代最大众化的期待，作为一个牺牲品，人们依然希望她忠于背叛者，此情不渝的背后纾解了男人们大部分的心理负担，其中的逻辑就是——我不得不牺牲你，但你对我并无恨意。

这是伟大的爱情吗？

第三辑

别样的魅力

不必懂事的女性

任性的女人，有其可爱的一面，即便她是一个老太太。

赵太后是因为她的政治身份走入人们视野的，却是通过她的母亲身份为后人所亲近。或许是因为政治本身生冷的面孔，无论是男性还是女性只要走进古典中国的庙堂，复杂的政治肌理必然淡漠了人情，泯灭了私欲，家国事大与公忠体国是政治人物高大又扁平的脸谱。但赵太后不一样，因夫死子幼而掌权，却在重大政治事件中袒露了一个女性的软肋，软肋并不意味着软弱，她那不讲理的姿态无法用公共价值体系去衡量，却可以带给人人性的理解。

赵太后新用事，秦急攻之。赵氏求救于齐，齐曰："必以长安君为质，兵乃出。"太后不肯，大臣强谏。太后明谓左右："有复言令长安君为质者，老妇必唾其面。"（《战国策·赵策》）

这段文字曾经是选入中学教材的，令孩子们感到亲近的不是她后来的明理懂事，而是那句"有复言令长安君为质者，老妇必唾其面"。多么生动的画面！多么自在张扬的情绪！在古典女性漫长的"克制"时代，我们太少见到这样放肆的场面。我们可以轻易地想象出当时的情形，秦国发难，齐国刁难，举国焦灼，一个刚刚走入政治场的女性，不，应该是一个母亲，她所面临的压力是聚焦的——自己的儿子要成为政治工具，被送往齐国做人质，以此换取齐国的出兵相助。

主观的美学特质是不可被忽视的，赵太后这番话没有权力那副理性的尊容，有的只是母亲护犊子时的那种泼辣和狠劲儿。当然，如果只是一个纯粹的母亲身份，赵太后的话语无法形成这么有趣的美学冲击力，关键在于她的身份是双重的，她是长安君的母亲，她更是赵国的"君"，至亲与至重被形势压迫，两难之间必去其一，人性的撕裂反而会放大人性之美，美学的张力就这样诞生了。试想另一个画面，如果赵太后在短暂的纠结后主动作出"以长安君为质"的决定，这个人物可能会走向崇高，但这种崇高令人敬畏，却触摸不到温度，且中国并不缺少这种崇高的塑像。

"太后盛气而揖之"，披文入情，总有种令人忍俊不禁的喜感。

她知道来人要说什么，做什么，也知道那一套怎么都说得通的大道理，但她就是丝毫不掩饰自己的情绪，就是那副气冲冲的表情，仿佛与谁赌气一般。女人的任性之美，是不讲道理的，有时候让人无奈，有时候也让人生气不起来，但凡没有恶意的任性，都有撒娇的味道在里面，传递的意思就是需要被温柔以待、被宠一下、被包容一下，而不是讲道理。

触龙是个高明的人，如果说其他"强谏"的臣子是懂政治的，那么触龙一定是最懂人的。他一来，也是先做了个颇有喜感的假动作——"入而徐趋"，"徐"是慢走，是因为腿不好，"趋"是快走，是装出的样子，这两个动词放一块儿所产生的不和谐感颇为滑稽。我不知道这个细节是不是史官的有意为之，紧绷的政治现场就因为这一个小小的动作得以缓和。总的来说，中国人是缺乏幽默感的，活得太严肃，压抑太多。但触龙还没说话呢，一个并不协调的动作已经缓和了氛围。

下面就是他和赵太后的嘘寒问暖了，不必详述。我没有具体去考证过触龙与赵太后的历史形象，但至少在这篇文字中间他们是两个有趣的老人。女性的任性，小脾气，依然在延续，不是那种急转直下的恍然大悟，"老妇不能""妇人异甚"这些回答的语气很值得反复品味，它们鲜明了赵太后的气性。

我认为后人把此文当作"父母之爱子，则为之计深远"的德育文章是一种误读，它真正的魅力应该在于展现了严肃政治背景下的女性真性情。试想，皇皇二十四史，不乏让人拍案、让人击节的家国大事，但着实少了这样能把女性个体特征放在重大政治事件中的有趣叙事。

审丑，对美丽的警惕与不安

她其实不是因为被崇敬而走入历史的，本质上只是男性有意塑造的一种道德工具，君德大门的看守者。

在我写下上面这句话的时候，她的形象依然是模糊的，因为对于女性，美丽才是最显性的符号，而丑陋的皮相总是令人躲之不及。

> 钟离春者，齐无盐邑之女，宣王之正后也。其为人极丑无双，臼头，深目，长壮，大节，卬鼻，结喉，肥项，少发，折腰，出胸，皮肤若漆。行年四十，无所容入，衒嫁不雠，流弃莫执。（刘向《列女传》卷六）

看着上面这段文字，我觉得都没有翻译的必要，一切构成丑陋的元素被简单拼合在一个女子身上，丑得如此"纯粹"必然令人怀疑拼凑本身就是不纯粹的。更令人惊异的是这样极丑无双的女子竟是"宣王之正后",我倒不是怀疑一个人"好德不好貌"的可能性,价值感知上的殊异才产生崇高与鄙陋的分野。只是,在天子王侯的视野中和事业中,要通过一个丑女去树立道德形象的必要性是不大的,因为任何一次纳谏、用贤、勤政和爱民都可以达成自我标榜的目的。

那钟离春,这个齐宣王的正牌皇后到底是个怎样的人呢?今天我们去翻看典籍和由她延伸出的文学作品,"颜丑难嫁——自诣齐王——痛陈四殆——拜为王后"早已成为最基本的情节模式,四十岁的大龄女青年,我们完全看不到其对容貌与婚姻的焦虑,这种完全被忽视掉的鲜活细节屏蔽了辩证审视的路径,只好像一个早已被设计好的成品。我们知道,从平庸中跃出的人才能以不同寻常的姿态出现在历史的书写中,所以当她自诣齐王的时候,齐宣王左右的人没有不掩口大笑的,说"此天下强颜女子也,岂不异哉"!这里的"强颜"就是厚颜、不知羞耻的意思。但正是这种新异性使其获得了齐宣王的召见,接着她痛陈齐国危难四条,并指出如再不悬崖勒马,将会有城破国亡的危局。更为奇特的是,性情暴躁而国事昏暗的齐宣王竟大为感动,醍醐灌顶一般折服于钟离春,并把钟离春看成是自己的一面宝镜。结局如人所愿,其谏议为宣王所采纳,她也被立为王后,从此齐国大治。

我们不必去怀疑女性的智慧,在人类历史上不乏杰出的女性政治家，她们的眼界和韬略常常令男子汗颜。诚如钟离春的痛陈四殆，若其人其事为真，只能让人理解为她漫长的待嫁时光并未虚掷在毫无意义的自怨自艾之中，而是紧密关注着一个诸侯王国的天下大事与大势。那么，丑陋的颜值反而成全了某种自我扩展的机遇，婚姻的世俗枷锁还没来得及将她拖入一架日复一日单调转动的纺车，她已自觉谋划着一场"自荐枕席"的传奇故事，并最终成功地把婚姻这个个人问题生生摁入了国家大事当中。她挽救了自己，也挽救了齐宣王和他的齐国。

于是，历史中的人们如愿地看到了一个有着完美逻辑链条的道德故事，没有美色，没有昏庸，也没有纠结，就是大大方方的样子，非常开明地把"丑"字捧上了"家国天下"的道德神坛。

可是，这个太过完美的故事在先秦的典籍中并不曾出现，最早叙述其故事的就是刘向了。值得关注的是，刘向所在的时期正是汉成帝专宠赵飞燕姐妹的时候，大汉的帝王在美色的温柔乡里荒淫奢侈，朝政懈怠，无数危险的信号让正人君子们忧心忡忡。

想必读者诸君已然明了"拼凑"出钟离春这个极丑女子的真实意图了，讽谏是忠臣的应有之义，而历史常被当作是最为可靠的镜像。摒除美色的干扰，接纳"丑"女成了政治清明、拯救国事的必备要素。当然，几千年的无道昏君们都在不断证实：最能感染君德的病毒被认为是美色，而解药自然是丑陋。

所以，钟离春只是刘向为痴迷于美色的汉成帝精心配制的一味解药而已。

后世的人当然心照不宣地沿用了这个道德故事。比如《小五义》中就专门引述这个故事，并沿着"丑陋夫人闺中宝，美貌佳人惹祸端"的古训，细化了钟离春与齐宣王的对话，其中有一句最见古人心思，"钟离春道：'妾无能，但窃慕大王之高义耳。大王妃匹虽多，皆备色以事大王，未闻备义以事大王。故妾愿入后官，以备大王义之所不足。'"这句话道出了男性视角下的女性分类，"以色事人"与"以义事人"的二元对立。"色"是与"义"对立的存在，一个君王拥有美色即意味着有违背道义的风险，美色成了令人癫狂的毒药，这就成了兴亡故事里的一个底层逻辑——红颜祸水。所以，钟离春还有一个名字叫钟无艳，"无艳"即"无颜"，这种语义上的象征性取用道出了道德君子者流的女性立场。

但是，刘向开出的这味药依然只是口头文章或案头主义。真实又是怎样的呢？唐代僧人皎然所著的《诗式》中有"取境"一条，虽是谈论诗词却道出了千万士人的心声："无盐阙容而有德，曷若文王太姒有容而有德乎？"你看看理想主义们的女性诉求是什么吧，"有容有德"才是佳偶，美色足以悦目，美德可以保身，想兼而有之的心思自古而今并无所差。

2001 年 1 月 18 日由郑秀文、张柏芝、梅艳芳主演的无厘头喜剧电影《钟无艳》上映，当对"齐宣王"的多次区别对待失望后，郑秀文饰演的丑女"钟无艳"发出"你始终都是有事钟无艳，无事夏迎春"的感叹。一时间"有事钟无艳，无事夏迎春"成为网络热词，按照形式与意义配对的原则，钟无艳为丑女，夏迎春就当为美女，这种构式当中正是影射着数千年来的男权主义，女人的容色在世俗事务的成败上依然担有不可推卸的道德责任。

对钟离春的审丑，道出了男性对美色的警惕与不安，渴望是本能的力量，但本能的蓬勃总隐藏着危险。更令人悲伤的是，对女性的审丑成了一种工具性审视，这种审视中没有婚姻没有爱情，"钟离春"们只是因为道德上的"实用"才得以依附男性，并以此获得婚姻、幸福和成就。

可这，本身就是多么可怕的逻辑。

权力之上

在权力的笼盖下，能够不感染权力的病菌并超越权力，一定有着更大的引诱在。

弄玉相传为秦穆公幼女，在她降世的时候她的家族正在缓缓聚集因周王室衰微而散落四方的权力。这是一个有利的条件，强大的实力赋予人自由选择的可能性，淡化权力其实也是权力的变相表现。可弄玉一出生便表现出与家族势力相疏离的特点，"女周岁，宫中陈盘，女独取此玉，弄之不舍，因名弄玉"。这是中国人历史故事里的奇妙逻辑，懵懂小儿的无知选择往往隐伏深远的命运轨迹。

稍稍长大，一个女性故事里应该具备的条件她都显现出来，姿容是绝世的，智慧是无比的，再加以善于吹笙，美好女性的内外要素都具备了。她的快乐将在家族力量所拓展的空间里自由弥漫，她不使用力量，但力量却环伺其周，保护并成全。

历代君王的冷色调并没有在弄玉那里释放出来，这是她难

得的幸运。风霜之治，本来是强势王侯们在铁血之争里的标准
面相，但秦穆公却有着深度的柔软和好父亲的慈柔。

> 穆公钟爱其女，筑重楼以居之，名曰凤楼。楼前
> 有高台，亦名凤台。弄玉年十五，穆公欲为之求佳
> 婿。弄玉自誓曰："必得善笙人，能与我唱和者，方
> 是我夫，他非所愿也。"穆公使人遍访，不得其人。
> （《东周列国志》第四十七回）

《东周列国志》不是史书而是故事，故事的魅力不在于可
靠性，而在于它赋予人性温度以保质期。可观可感，反而会觉
得比历史的客观更真实。那我们就继续触摸这种温度吧。"愿
望"因为与生活本身的距离，既保有持续的诱惑力，同时也埋
伏着失望的痛苦。弄玉的幸运就在于她的愿望被宠溺她的父亲
细心守护着。"必得善笙人，能与我唱和者，方是我夫，他非
所愿也。"她要的丈夫是可"唱和"的人，这是古今中外万千
年来用心于情者共同的心愿，生活的内与外、灵魂的表与里都
因同频共振而生和鸣，生命的大欢喜莫过如此。可事实上，又
有几人真能得偿所愿？

令人惊讶的是，秦穆公居然"使人遍访"。今天的心理学
有研究表明，一个女孩儿得到饱满的父爱更易获得幸福的婚

姻，诚其然哉！因此，我深刻地怀疑，弄玉这个历史形象的存在是历代叙事者的一次心照不宣的深度合谋，他们共同塑造了身不由己、心无所归、情无所托的一般悲剧命运的反面，是所有人乃至今天人们的最高追求。

更令人惊讶的是，这个可唱和的人居然如愿寻得。一个叫萧史的人走进了人们的视野，他"羽冠鹤氅，玉貌丹唇，飘飘然有超尘出俗之姿"，别具一格的装束和容貌暗示着他非凡的来历。他自陈身世时说，周宣王末年他代史官之职，连缀本末、备典籍遗漏，按人间时间来算已百余岁。作为已经突破生命局限的人忽然出现，必然践行着仙道体系内的某种凤命姻缘。他极善于吹箫，冥冥中与弄玉的命运乐章有着合奏的安排。

> 穆公大悦。时弄玉于帘内，窥见其异，亦喜曰：
> "此真吾夫矣！"（《东周列国志》第四十七回）

为一方诸侯的父亲是喜悦的，盼望佳婿的弄玉也是欢喜的，那个于帘内窥伺的动作是急不可耐的确认。或许我们可以这样认为，美满姻缘总有久别重逢的隐秘线索，正如贾宝玉与林黛玉相逢，一个道："这个妹妹我曾见过的。"一个想："好生奇怪，倒像在那里见过一般，何等眼熟到如此！"如果

说贾、林二人的命运还有着不可捉摸的奇诡在，萧史与弄玉的
婚姻爱情则不含杂质、不带遗憾。何为神仙眷侣？

他们被权力成全，被世俗包容，又有仙缘福道，音乐的艺
术性再赋予他们的婚姻以形而上的美感。

这个故事的结局别有意味，叙写者们突然笔锋一转留下世
俗权力怅然若失的慨叹：

> 萧史乘赤龙，弄玉乘紫凤，自凤台翔云而去。今
> 人称佳婿为"乘龙"，正谓此也。是夜，有人于太华
> 山闻凤鸣焉。次早，宫侍报知穆公。穆公惘然，徐叹
> 曰："神仙之事，果有之也！倘此时有龙凤迎寡人，
> 寡人视弃山河，如弃敝屣耳！"（《东周列国志》第
> 四十七回）

一直爱女心切的穆公在女儿乘风飞升后，这个慈爱的父亲
感到无比的失落，女儿一生异于常人的细节最后汇聚而成的却
是关于"神仙之事，果有之也"的确认。有世俗权力又如何？
生命无常，人寿有限，无法超越就徒剩无常捉弄的狼狈。"倘
此时有龙凤迎寡人，寡人视弃山河，如弃敝屣耳！"他感到手
中权力和江山在手都被无限弱化，一切都失去重量和意义，徒

剩无可奈何的艳羡以及突破不了生命局限的遗憾。就此开始，他这个女儿的命脉铺垫了秦国历代国君向往飞升与不朽的基因，到了秦始皇的时候则发展为声势浩大的野心和疯狂的行动力。

什么是权力之上的引诱？这个故事或许埋藏着中国人由来已久的心理机制，肉身生命没有对肉身的绝对权力，极权在握也无法超越生命本身的局限。弄玉的故事作为超越性的存在，不仅超越了权力禁忌，而且超越了人间烟火，最后超越了生命本身。一切都那么合适，一切都被眷顾，一切都埋伏着不可企及的神性，既如此，人间万姓反而多了遥不可及的伤感。

柔软里的力量

在男人的较量里，情欲和力量有着不动声色的合谋。就像"铜雀春深锁二乔"一样，折戟沉沙的代价里有着情欲的原始冲动，这种渴望与权力的消长一致，常常赋予一个男性极大的行动力，曹操如是，曹丕亦如是，所以当曹氏父子破邺城，入袁府，曹丕就急不可耐地夺娶了袁熙的妻子甄宓。

溯流而上，被曹氏父子窃夺的汉朝是刘邦打下的天下，他从市井泼皮成长为开国之君，完美诠释了一个男性的铁血艺术，谋略、征伐、掠夺、占有，如同画板着色一般，一点一滴地成就了他的江山世界。

站在刘邦对面的是项羽。这个男人一生有太多破绽，"自矜功伐，奋其私智而不师古"是司马迁对他的评价，鸿门宴一念之仁而错放汉王，围刘邦于荥阳却中离间计与范增离心，他在对自我力量的迷信里慢慢消解了自己的力量。虞姬或许就是这样出现在他自我的狂热里，她从哪里来？因何出现？深陷历史谜语的我们也不必强作考证，很多清晰的前因后果并不如美丽的局部更有吸引力。

毫无疑问，自信会给一个人带来光明的品格和独特的魅力。项羽或许破绽太多，但唯有虞姬是这破绽里美好的存在。历史告诉我们，英雄美女的故事里，美女往往是英雄们争夺天下的道具，唯有霸王别姬被人们演绎成为悲剧故事里的爱情经典。

今天通过司马迁的文字可以看到楚汉相争画上了怎样的句号。垓下之围，西楚霸王被汉军围困数重，兵少食尽的困境正在折磨他。我想，那个夜晚应该是项羽一生中最黑暗的夜晚，一生纵横天下，号令诸侯，而现在，从黑暗中四面弥漫而出的楚歌如无数无形的兽正啮噬他蓄积多年的信心。信心的溃散是必然的，他大惊曰："汉皆已得楚乎？是何楚人之多也！"

在命运黑暗的河流上，项羽身侧唯一鲜艳的应该就是虞姬了吧。刘邦们、曹操们，女人天下或多或少都给予他们莫大的行动力，不知虞姬对项羽来说是怎样的存在。反正可靠的史料总会在女性身上出现漏洞，虞姬扮演怎样的角色我们无从知晓。"有美人名虞，常幸从；骏马名骓，常骑之。"这是《史记·项羽本纪》里意义深远的简洁，形式的构建只是为内在的表现做准备，同时给文学性预留了想象的空间。骏马美女是英雄的标配，她和它们都被英雄珍爱，甚至性命相托。

虞姬鲜艳的色调是不具体的，与骏马并列，她是不可或缺的存在。"骏马"之骏，暗示了虞姬形象的可能性方向，古典世界里关于女性的形容词尽可以充分调用，虞姬历史性的成功就在于她提供给了我们巨大的开放。好吧，我们可以就此看到那不断变更地方的将军营帐里，有一朵鲜艳时常出现在男性的力量世界里，她是对比的色调，又深刻地参与其中。白日里杀伐果决的项王，在她面前，释下铠甲，感受生命温柔的部分。一个英雄始终需要温柔的部分，不管他有多么坚硬的质地。这是温度，也是弱点，但会给予一个英雄饱满的人格底色。

奔波在战场里，随行在血雨腥风里，对虞姬来说却是幸运的，她会拥有很多女性不曾拥有的愉悦和荣耀。项羽所展现的男性力量可动山海、可转乾坤，但她属于项羽，项羽也有一部分属于她。不难想象，刘邦一个"妇女无所幸"就引起了范增的警惕，其背后暗示了征伐之下女色掠夺的必然。而虞姬似乎不曾有这样的尴尬，骏马驰骋于疆场，虞姬幸从于营帐，她免去了女性肉体过剩时的钩心斗角，而对一个美女来说，钩心斗角一定是对美的一种伤害。

简而言之，她拥有了一个英雄。这种拥有是一种感人的信任。

于是项王乃悲歌慷慨，自为诗曰："力拔山兮气盖世，时不利兮骓不逝。骓不逝兮可奈何，虞兮虞兮

奈若何！"歌数阕，美人和之。项王泣数行下，左右
皆泣，莫能仰视。（《史记·项羽本纪》）

项王无可奈何的歌唱，再次向我们确认虞姬获得过的幸
福。一个男性可以放心地出示自己的软弱，把破绽毫无顾忌地
显露，背后必有深情在。《垓下歌》向我们证明，骏马和美人
已成为项羽的两个生命符号，它们一外一内，一表一里，乌骓
马是战场，是征伐，是功业千秋；虞姬是温柔，是安慰，是不
可或缺的情感补充。项羽兵败，这两个生命符号陷入困局，骏
马已失去腾跃的力量，暗示着项羽心力的衰竭和自信的瓦解；
虞姬则暴露了他生命里全部的破绽，我们将看到这个强势生命
里一直有着根深蒂固的优柔在。项羽因此而败，也因此获得了
比刘邦更大的成功。

谁也没有想到，虞姬这个柔软的部分会突然爆发出令人震
惊的力量，尤其是在男性变得软弱的时刻，她将一个弱女子的
形象推翻。张爱玲写小说《霸王别姬》，将虞姬生命故事里缺
失的部分做了合理的补充。

"噢，那你就留在后方，让汉军的士兵发现你，
去把你献给刘邦吧！"
虞姬微笑。她很迅速地把小刀抽出了鞘，只一

刺，就深深地刺进了她的胸膛。

在这里，虞姬的形象与项羽的形象出现了一个反转。傲视群雄的人已经走入绝境，他强大的信心只是等着乌江自刎的到来，而作为男性世界里一个柔软的部分，她却微笑着用刀雕刻刚烈。

要么优美，要么毁灭。虞姬在柔婉的领域里迸发出的力量像在历史深处射出的暗箭，不断击中那些搦管操觚的文人，他们必将心情复杂地写下诗文，遥想追慕，以示怀想。

刘邦得到了天下，可他拥有的天下了里并没有一个叫做虞姬的女子，在他男性荷尔蒙巨大的行动力里，他遭到了一个女性的强大拒绝和一场深刻失败。

舞者，身体的二重性

　　看过一些历史材料，对赵飞燕的评价多不太好，说她是西汉末年最底层的一个官奴家的女儿，后来成为汉成帝刘骜的皇后；还说她工于心计，争强好胜，淫乱后宫，罪孽深重，留下了千古骂名。这些盖棺论定的历史刻刀，封印了许多鲜活的生命状态，也逼仄了真真假假的辨识空间。唯见唐人杜牧《遣怀》中一句"楚腰纤细掌中轻"，以青楼放浪的姿态将赵飞燕放入了供风流子咂摸唇舌的典故。

　　如果从乐舞艺人的角度去看，舍去历史的罅隙里为一个女子所设的庄严肃穆的道德法庭，那么剩下的就只有美了。肉身世界，有人大腹便便，有人骨瘦伶仃，承载色彩斑斓的灵魂在生死间来来往往，却只有舞者，珍惜了肉身，或者发扬了肉身。赵飞燕，正是将肉身本身上升为艺术形象的古典女子。各种记载中说赵飞燕以身形娇小著称，能作"掌上舞""盘中舞""留仙裙""禹步"，她被这些夸张又惊艳的词条冠上了神秘的光环，并因出神入化的舞技而被汉成帝所宠爱。

在我看来，以艺事人者总比以色事人者要高明出许多，因为容色易衰，身相若没有与众不同的内在支撑，只有凭借巨大的出格才能被历史记住。但赵飞燕，除了被人口诛笔伐的宫廷之争外，还有灵动的肉身进入不朽的言说。唐代诗人徐凝的《汉宫曲》很能说明舞者的美妙世界，"水色帘前流玉霜，赵家飞燕侍昭阳。掌中舞罢箫声绝，三十六宫秋夜长"。可以想见，珠帘如水、月色如霜，一个女子在几于空明的夜轻灵而舞，这种场景对于帝王注意力的攫取和心灵的占有是强大的，"一人承宠，各院凄凉"是肉身艺术化带来的必然结果，其他女子那漫长秋夜的煎熬，罪不在舞者，而在被过分集中和放大的权力。但在道德评判之外，赵飞燕的获胜，的确是因为她赋予了身体另外一个维度的意义，这自然会胜出许多单纯的美艳与笨拙的心机。

如果从帝王后宫的一点点缀来说，女性在权力世界的那点风波无非写着"活着"二字，她们所争种种，在冷酷的伦理惯性面前只能充当不堪着墨的红颜祸水。"初生时，父母不举，三日不死，乃收养之。及壮，属阳阿主家，学歌舞，号曰飞燕。成帝尝微行出。过阳阿主，作乐，上见飞燕而说之，召入宫，大幸。有女弟复召入，俱为婕妤，贵倾后宫。"（《汉书·外戚传》）"父母不举"是奇怪的习俗，底层人民在命运面前的脆弱性催生了许多荒诞的迷信行为。但被丢弃的赵飞燕展现了生命的某种奇观，"三日不死"带给父母某种隐秘的暗示，于是"乃收养之"。可见，在人愚昧的时期，生命中的异象力量远远大于人性，即便是父母之于儿女也是如此。可是，当我们今天来看这段文字记述时，由于一个历史女性的生命早已画上了句号，所以可以让我们这些读者有足够的从容去审视她整个的生命迹象。我想，令我们惊讶的绝不是"俱为婕妤，贵倾后宫"这种世俗的看似成功，在长远的历史尺度内，这些简直不值一提。那么，我们似乎可以这样认为，赵飞燕在出生时表现出的这种传奇性，绝非给她父母提供了在男性权力体系下的一种美好前程的展望，而是上天以某种"异象"方式告知一个乐舞艺人的诞生。

东风夜放花千树，更吹落，星如雨。那些或姿容秀丽，或德性娴淑的"星雨"如流星划过天际，历史记忆也多数湮灭。而那些真正的舞者，用身体抵达艺术的人，照亮历史的夜空。我想，这样的定位，并不会有太大的谬误：舞者，是身法和身韵的内外交融。善舞的古典女子们，将人体形态上升为如诗如画、美轮美奂的视觉艺术，丰富了美性生命的应有元素，跨越了红尘俗世的阶级成见，无论帝王乞儿，舞动的身姿都将撷取他们注视的目光，随神形而动，去往忘世的心域灵台。

智慧给人一种可靠性

看她的历史造像的时候，生出的第一个词居然是"可靠"。

是丈夫早逝后的清守妇规吗？可这样遭遇的古典女子遍地都是，想到这类女性的形象，总好像愁云绕身，那是千人一面的模糊，可怜可叹的模糊。

班昭却不是这样，给人的感觉是清爽的，这种清爽的历史形象，或得益于历史叙事的留白，或因她那一点从史书中流溢出的智慧通达。

直到后来，给学生讲述荀子的《劝学》，才探知"可靠"这层感觉的来源，我对班昭的印象，其实是与智慧靠近时才产生的心安感。"君子博学而日参省乎己，则知明而行无过矣。"对于每一个生命个体来说，悲苦仇怨皆是常态，也皆是失衡，情绪的跌宕缘起于世事多变，人事牵引，人心失控，如《红楼梦》太虚幻境中的黑溪迷津，没有掌舵的木居士则无可渡。以此而论，"知明"倒好像那掌舵的木居士了。

班昭会给人不同的形象，那不是硬生生克制自己的女性，因为一个人若长期违背意志地生活必然导致心灵的扭曲，但你在班昭身上看不到这些。细看她的行止与文字，便知她对生活原则是一种主动的服膺，或者反过来说，她是这些原则的提出者和注解者。

父亲班彪是东汉著名的儒学大师，奉行"唯圣人之道，然后尽心"的正宗之学，续《史记》六十五篇。长兄班固编撰《汉书》，是杰出的历史学家和文学家。二兄班超投笔从戎，是立功西域的名将与著名外交家。就是在汉朝那个儒学独尊的年代里，班氏家族不仅熟读儒家经典，并用儒家思想规范自己的言行，属于典型的儒学世家。面对生活在这样一个家庭里的女性，你无法想象一个内心充盈圣人之学与历史镜像的女性会有怎样的思想世界，以及她怎样看待周遭的世界与其他女性。我们只能在史家的笔墨中，看到她被看见、被尊重、被传奇化的过程。

兄固著《汉书》，其八表及《天文志》未及竟而卒，和帝诏昭就东观藏书阁踵而成之。帝数召入宫，令皇后诸贵人师事焉，号曰大家。每有贡献异物，辄诏大家作赋颂。及邓太后临朝，与闻政事。以出入之勤，特封子成关内侯，官至齐相。时《汉书》始出，

多未能通者，同郡马融伏于阁下，从昭受读，后又诏
融兄续继昭成之。（《后汉书·列女传》）

我们习惯比较，历史的比较视野往往可以实现人性的彼此
映照。但我依然不知道可以把班昭的这段成就和哪位历史上的
女性作比较，续《汉书》、为人师、作赋颂、与闻政事，这些
绝不是那些在历史的偶然中染指权力的女性可比。她的从容源
于她没有染指的动机，她的被关注只是源于个人的博学。邓太
后的哥哥邓骘以母忧乞身，关于答不答应的问题邓太后向班昭
征询，班昭从伯夷、叔齐说到吴太伯，引《论语》而论当朝，
理据充分地说明"推让之名"对邓氏的重要性。"太后从而许
之"是这个处于权力中心的女性对班昭的最大信任，智识上的
通透常能拨开两难选择的迷障。

提及班昭，自然也绕不过她的《女诫》。在《女诫》中，班
昭叙三从而释四德，不仅将"三从四德"系统化、理论化，而且
以"卑弱"为篇首，阐释了女性天生卑弱的道理，并由此证明男
尊女卑、三纲五常的必要。这部共七篇，约两千字的著作成了此
后千百年中女子教育的范本。于是，毁誉便在这中间滋生了，那
些明晰现代女性生存指南的人们，那些锋芒万端的变革者，必然
会将重重罪因归于写《女诫》的那个人，在罪恶的源头，那个叫
班昭的"大家"何以提出如此戕害女性的主张呢？

　　可是，逝者已矣，任人论说与涂抹不是历史的必然吗？作者无法自我辩白，论者各有动机。可在历史的现场，如何活，靠什么活，才是存在者本身必须考虑的问题。

　　智慧最大的作用便是解释。每个人都靠解释活着，解释得通畅与否决定了情绪世界的通畅与否。班昭并没有去创造一个牢笼，而是解释出生活与生存的最大合理度。

　　　谦让恭敬，先人后己，有善莫名，有恶莫辞，忍辱含垢，常若畏惧，是谓卑弱下人也。

　　　夫不贤，则无以御妇；妇不贤，则无以事夫。夫不御妇，则威仪废缺；妇不事夫，则义理堕阙。

　　　修身莫若敬，避强莫若顺。故曰敬顺之道，妇人之大礼也。

　　　夫云妇德，不必才明绝异也；妇言，不必辩口利辞也；妇容，不必颜色美丽也；妇功，不必工巧过人也。

　　　礼义居洁，耳无涂听，目无邪视，出无冶容，入无废饰，无聚会群辈，无看视门户，此则谓专心正色矣。

　　　然则舅姑之心奈何？固莫尚于曲从矣。

　　　臧否誉毁，一由叔妹，叔妹之心，复不可失也。

　　这些句子，从今天时新的观点去看，每一点都可以引出女性主义的宏论，但这每一点都足以在历史现场和文化现场指引那些真实生活其间的女性们。班昭在儒家文化的话语体系中提炼这些古代女性生存指南，是因为她能做此种提炼，而别的女性力所不能。一位网友说得恰切，他说："这个最心疼女性的人，却绑架了她们两千年。"谁能说得清这是非功过呢？智慧本不等于是非，而是从容于是非，知其可，知其不可，知其所以可，知其所以不可。这是班昭在特定历史情境下所做的文化"注解"，她的动机里没有绑架的意图，也没有毁灭的妄想，正如她的《上邓太后书》，也不过是在外戚专权的历史风波里，为一个家族的落地寻找平安的着陆点而已。

　　可以思考的是，某种关于道德的言说，在不同的文化体系中会生出别样的功效，或者向上束缚，或者向下倾轧，或者给生者以平衡，或者是持守的通达，或者是变动之力量。而言说者本人，自立而立人，不求勉强，只求自在，凡事明白，便觉可靠。

有趣的嫉妒

说起妒妇，恐怕会有很多不好的联想，比如怒容、怨气、刻毒、阴险，一张张令人生厌的脸，一颗颗居心叵测的心，一个女性的美好因为一颗妒心而丢失殆尽。当然，古老的罪过都在男性身上，他们大都担得起"寡人有疾，寡人好色"的美名。

但也有令人莞尔的妒妇，即使是在嫉妒中也颇有几分令人欣赏的智慧和风度。

东晋穆帝永和二年（346），三十五岁的东晋大将桓温点兵伐蜀，成汉末代君主李势很快战败投降并同其家眷一道被送往东晋都城建康。故事就发生在这场战争中，今人有言，男人通过征服世界征服女人，而女人则通过征服男人来征服世界。桓温平定蜀地，自然就享有了胜利者对所有资源进行重新配置的权力，这资源当中自然也包括女人。

南朝宋虞通之的《妒记》的记载干脆利落，"温平蜀，以李势女为妾"，战胜者的姿态足以睥睨天下胜色。然而事不凑巧的是，桓温有一个善妒的妻子，而更不凑巧的是这个妻子来头不小，她是东晋南康长公主，名兴男，是晋明帝司马昭和皇后庾文君的长女，成帝和康帝的姐姐。令人好奇的是，这世上到底是先有势后有力，还是因为有了力才有了势？司马迁曾在《报任安书》中说"勇怯势也"，反正这位南康长公主恐怕在家族大势中早已养出了一个女性的风云胆色和雷霆之力。听说自己的丈夫纳了一个美妾，她的反应据说是这样的：

> 郡主凶妒，不即知之，后知，乃拔刃往李所，因
> 欲斫之。

如果脑补一下画面，我们恐怕会惊异于古典中国竟会有这样一个泼辣凶悍的女子，她和我们惯常印象里的人面桃花、弱柳扶风实在相去甚远。她不必去找丈夫理论，"拔刀往李所"本就是一个不需要理智修饰的动作，这个动作果决利落，传递的信号就是——"谁敢？谁敢我就砍了谁！"如果抛开今天法治社会的理性审视不谈，这真比一哭二闹三上吊的撒泼耍浑要来得有尊严得多，她至少呈现出了一个女性弱势时代里难得的力量。

有理论家曾说过，生活本身远比文学故事曲折离奇得多，

缺乏转折的事情因为平庸，迅速被时间的涛声湮没，只有那些意外的笔触才会刺激人们好奇的神经，并在口口相传或者笔耕墨耘中获得某种不朽的特性，比如南康公主这个有名的妒妇。

倘若不知道后续的故事，这个闹剧会恐怕在"斫"这个字的真实践行中画上一个血腥的句号，然而事实并没有。"见李在窗梳头，姿貌端丽，徐徐结发，敛手向主，神色闲正，辞甚凄惋。"怒火攻心的南康公主看到了一种美，这种美如春风、秋水、冬雪，是自然里的那种平和与顺畅，没有一点令人动气的焦躁在内。临窗梳头是缓和优雅的姿势，姿貌端丽是舒畅不造作的天然，"徐徐结发"已有柔软体态，"敛手向主"则更有我见犹怜的温顺与柔美。记得《红楼梦》里秦可卿字"兼美"，谓兼得薛、林二人之美，可如果借曹公这"兼美"二字来看李氏之美，真可谓兼得古典女性的柔、端、雅、丽等诸般美好了。

这个故事有个美好的结尾："主于是掷刀，前抱之：'阿子，我见汝亦怜，何况老奴。'遂善之。"庄子云：天地有大美而不言。这种美在各种利害之上，所谓妒忌其实就是一种利害的权衡，然而在真正的美面前，常常会清了那份心火，内心也不由得柔软了起来。

一出喜剧

有人曾说，中国人欠缺喜剧精神，总喜欢板着脸孔，用距离宣示威严，用身份厘定规矩，"教化"的字典里对出格有着深深的警惕。这是我们在大部分中国故事中看到的情形，克制和隐忍，那些惹人发笑的、荒诞的、幽默的细节被掩盖在重重的私密的帷帐里。当然，也有意外，那种命途中有预谋的意外，是故意的欢喜，是有设计感的情感表达，让人一看便觉得这故事有趣，这故事中的人更有趣。

温峤娶妇的故事我就觉得是一出喜剧，有意外但没有愤怒，有计谋但没有厌恶，好像是一种和谐的游戏，看似是错误着，实则是心照不宣的正确。事在《世说新语·假谲》之中。

温公丧妇。从姑刘氏家值乱离散，唯有一女，甚有姿慧，姑以属公觅婚。公密有自婚意，答云："佳婿难得，但如峤比云何？"姑云："丧败之余，乞粗存活，便足慰吾余年。何敢希汝比。"却后少日，公

> 报姑云："已觅得婚处，门地粗可，婿身名宦，尽不减峤。"因下玉镜台一枚，姑大喜。既婚，交礼，女以手披纱扇，抚掌大笑曰："我固疑是老奴，果如所卜！"玉镜台是公为刘越石长史，北征刘聪所得。

一个丧妇，一个待嫁，情感的空窗期正在酝酿新的故事。喜剧的元素绝不允许顺理成章，温峤大概是看中了从姑刘氏的女儿，熟料姑母却把女儿嘱托给温峤，请他寻找婚配对象。这是阴差阳错的，中间隔着很多没有说明白的话，喜剧和悲剧多半在这样的情形下产生。或许是婚姻这事儿毛遂自荐起来大概没什么意思，所以温峤只好玩起了试探的游戏。他给姑母说："好女婿可不容易找，只像我这样差不多的，怎么样？"这个时候的温峤大约已经是个将军，权重位显，姑母估计也没敢考虑他，怕高攀不上，于是说："经过丧乱衰败之后活下来的人，要求不高，只要能维持生活，就足以安慰我晚年，哪里敢希望能找到像你这样的人呢？"好了，择婿的标准这就摸清了，温峤开始了自己"骗婚"的计划。等了几天，他就去禀告姑母，说佳婿已经找到了，而且不比我温峤差，同时以一枚玉镜台为聘礼。姑母大喜，很快就把女儿嫁了过去，成了婚，过了礼，才发现佳婿正是温峤。

为什么说这个故事是一个喜剧呢？因为这个故事的逻辑中

处处都是漏洞，比如既要嫁女，哪有不提前见一见或打听一下女婿的道理？纵使是万般信任温峤，婚礼上戴盖头的又不是温峤，怎会不知新郎是谁？所以，喜剧的有意思就在这里，喜剧不呈现直接的事实，它是欲盖弥彰，大伙都知道薄纱下面盖着什么，却都不掀开它，任由故事在表象之中运行。但这种运行是喜剧中的运行，不是阴谋故事里的战战兢兢和紧张。这个喜剧有个按钮，这个按钮就是那件聘礼，玉镜台，这应该是温峤征战中的标志性战利品。因此，这个按钮也启动了故事的另一套程序，那就是故事中每个人都猜到了真相，但都不言明，都暗合心意地推动着故事的正常运行。

　　喜剧总有一个皆大欢喜的高潮，而这个最令人欢喜的情节就是来自那个新娘子。"既婚，交礼，女以手披纱扇，抚掌大笑曰：'我固疑是老奴，果如所卜！'"多么欢喜的场景，这个女子也是奇人，带着早有七八分确信的猜测撩开面纱，一看，果然是温峤。"抚掌大笑"这一举动又给礼教的帷幕戳了一个大洞，让今天的读者也要激动得跳起来，这个女子太可爱了，一个新婚初嫁的女子居然对着自己的新婚丈夫拍掌大笑道："我就知道是你这个老家伙，果然不出我所料！"还记得原文中对新娘子的评价吗？"姿慧"！是又漂亮又聪明的女子。所以，她一点也不担心，她就像喜剧故事里的撒花童子，专门等在故事的结尾一起钟鼓齐鸣。

　　我还有个奇怪的想法，或者说奇怪的期待，假如贾宝玉掀开盖头看见的就是林黛玉，那会不会是一出喜剧呢？我想，恐怕还是不能，悲剧是四面漏风的人生境遇，处处都是撕扯，而喜剧是和谐的意外，凑趣儿，赶趟儿，心满意足地参加人生的游戏。

眼耳，关乎神明

　　有个肆意于笔墨又有"书圣"之名的丈夫，郗璿如何活出自己的样子是对她品性修养的极大考验。诗人舒婷《致橡树》说："我如果爱你——绝不像攀援的凌霄花，借你的高枝炫耀自己。"郗璿或许就是那个不需借王羲之的盛名而留名青史的女子，关于她的书写大都关联着汉语里那些美好的词语。

　　"我必须是你近旁的一株木棉，作为树的形象和你站在一起。"马宗霍《书林纪事·闺阁名媛》："王羲之妻郗氏，鉴之女也。甚工书。兄愔与昙谓之'女中笔仙'。"根据这则记载我们可以看到，在书艺上郗璿不是可有可无的陪衬，她游于艺的热情和灵性很多时候能够与王羲之形成气质上的互通，笔走龙蛇间，浓淡深浅的背后时时有着彼此"懂得"的眼神，微笑、颔首、惊叹、赞许，好一场金玉良缘的现世图景。

　　另外，郗璿字子房。中国人的字号往往暗含着一幅幅精神地图，你在各不相同的字号中能够看到人格品性的高低起伏。子房，是刘邦第一谋臣张良的字，郗璿如此取字必然有着精神上的向往与贴近的渴望。有两个要素可以关联起来，郗璿书法上谓"女中笔仙"，仙，是道家形象；而张子房显然是道家人物，功成身退，看破看淡的道家智慧令他从容进退。郗璿如果在精神上尝试抵达张子房的话，我们就大致可以看到这位东晋佳丽的一些风貌，人面桃花、美目顾盼中隐隐透露出一丝超拔之气，正是这丝气息，让她避免了庸脂俗粉的泥淖，她自我的人格定位中有着女性觉醒的天然因子，而这，正好响应了魏晋"人的觉醒"的时代潮流。

男女之间的故事有时候真的不只是门当户对那么简单，走向历史高地的美满婚姻往往有着神奇的机缘，是人的慧眼识人，也是历史的奇巧设计。

> 郗太傅在京口遣门生与王丞相书求女婿。丞相语郗信："君往东厢，任意选之。"门生归，白郗曰："王家诸郎亦皆可嘉，闻来觅婿，咸自矜持，唯有一郎在东床上坦腹卧，如不闻。"郗公云："正此好！"访之，乃是逸少，因嫁女与焉。（《世说新语·雅量》）

这是大家耳熟能详的故事，为什么一心为女求婿的郗鉴断言东床坦腹的王羲之是最佳选择？这里其实隐含着魏晋时期士林的审美趣味，矫厉自饰常常意味着本真的丢失，王家兄弟的"咸自矜持"并不见得会给人礼貌的印象，反而在行为上暴露了精神见识的高低与通透程度。而王羲之的坦腹而卧反而意味着他内在世界的活跃，让人一见便隐约可感一种超越世俗的高妙气质。当然，俗人见俗，妙人知妙，爱情婚姻的幸福指数取决于灵魂契合的程度，若是彼此将就，认知上的不匹配也意味着生活中必有克制或委屈的负面积累。东床快婿的故事，或许在深层意义上暗示着人们对伴侣选择的标准，灵魂的合适有时候甚至不需要一面之缘。

在一定程度上郗璿的精神修习可能还要高出王羲之。郗璿高寿，几近百岁，王羲之寿五十九，此中差异或跟心性颇多关系。魏晋道家兴盛，喜服食养生，郗璿跟着王羲之精研养生之道。但古今多少人好养生最终却伤身害命，郗璿何以可能？据说她曾替丈夫向学道的魏夫人求取长生之道，魏夫人只告诉她"守静"二字。现在想来，养生之道，可能莫过于内外通透，无杂念惑心的虚静而已。然而，古今男儿出入红尘，激烈性情而求官求名，名利拘束，纵使有仙丹妙药恐怕也驻颜无术。反倒是一些女子，她们在世俗角力之外，稍加修养便达到了没有欲望的欲望，实现了不求得到的得到，此中玄之又玄，也未尝不是一种命里的至理。

《世说新语·贤媛》载：王尚书惠尝看王右军夫人，问：

"眼耳为觉恶不？"答曰："发白齿落，属乎形骸；至于眼耳，关于神明，那可便与人隔？"

这段话很有翻译的必要，孙儿辈王惠曾经去看望王羲之的夫人，问她："您的眼睛、耳朵还可以吧？"她回答："头发变白、牙齿掉落，是形体上的衰老；而视力和听力是跟人的精神相关的，哪里就会轻易丢失呢？"这段对话很能解释人生当中一些难解的谜团，精神的力量到底是如何体现的？它如何决定了肉体生命的走向？郗璿的回答或许是一份值得参考的答案，视听与精神相关，或者反过来说精神决定了视听，精神力量决定了我们对所视所听的认知与态度，冲淡平和或激烈刚强形成了截然不同的生命影响。

王羲之与郗璿，短命或长寿，在恩爱之外，还有修身之道，一者急求养生而好服五石散，一者温养慢补细水长流，此间道理却又在生死之外了。

独守之人的航向

"庭院深深深几许？"这句出自欧阳修《蝶恋花》的名句引我关注的倒不是爱而不得的幽深的哀怨，反倒是就此看见了古典女性被置于幽深的镜头里，那种悠远的凝视、那无可奈何的盼望以及重重帘幕里的冷却的心。

她们的出路在哪里？

如果正面面对这首词，我们能看见的只是丈夫的风花雪月，杨柳堆烟里涌动着蓬勃的欲望，在它的反面，泪眼问花则暗示着一个个精致的囚笼。

无数的诗文告诉我们，丈夫们的一般方向是求官游宦、贬黜迁谪、章台春色与死神降临，在无数男儿的生死江湖里，妻子或爱人到底有多少重量很少被刻意衡量，男儿们光明正大地离开、离开、离开，然后偶然间用笔墨修饰这种离开，用长短句把生死悲欢写得凄恻感人，配一壶浊酒就足以感动与她们无关的人生。而她们，是诗歌力量的必备要素，却未必是征途里的必然存在，走啊走，柴米油盐生计日常太缺少浪漫，非诗意的元素留在后方，留在真实的烟尘里。

多么悲哀的画面！

她们的出路到底在哪里？

这其实并不算特别难厘清的历史命题，乱麻一缕却殊途同归，大多都成了模糊的形象，有固定的历史性命名，怨妇或者思妇，胆子大些的也不过再成为归属迷离的情妇，但情妇也少不了怨和思。

或许，命运的拐点在于新生命的到来，爱情对多数人来说只是一时兴起，家族兴衰才是持久的主题。离开的人在外探索光耀门楣的路径，独守的人在内转变人生的航向。于是，思妇或者怨妇慢慢转变成一个伟大的身份——母亲。

这种转变是伦理的，而非诗意的，这是崇高的克制和克制的崇高。据说有人做过统计，一个有大成就的文人，背后通常有一个成功实现身份转变的女性，青春红颜、刻骨爱情都慢慢都注入了母性世界的浑厚与质朴。在欧阳修身上，我们依然可以看到这则转变的奇迹。

> 欧阳修，字永叔，庐陵人。四岁而孤，母郑，守节自誓，亲诲之学，家贫，至以荻画地学书。幼敏悟过人，读书辄成诵。及冠，嶷然有声。（《宋史·欧

阳修传》）

我们清晰地看到在欧母的世界里，悲剧来得太直接，作为思妇的形象或许还未树立，夫死而寡的角色转变就突然降临。当然，她还有别的选择，比如像范仲淹的母亲那样改嫁，再次成为妻子，也成为母亲。"守节自誓"是古典伦理里的道德自觉，这种道德优势根深蒂固且源远流长。也许有过那么一刻的绝望，一个尚且年轻的女性，爱情的滋味还未品尝足够，女性因柔软而习惯依靠的生活突然崩塌，这些都需要充分的心理建设。这时候，传统伦理精神的及时注入，是欧母的幸运，也是欧阳修的幸运，他们将开始互为寄托、互为成就的人生篇章。

一旦某种伦理的热情在女性世界里被煽动起来，她们克制隐忍的力量足以震撼历史的天宇，并最终以一种崇高的姿态与男性并列。

生活本相当然是艰难的。"家贫，至以荻画地学书。"失去男性依靠，古典女性往往会迅速陷入物质生活的困境，无计为生始道难，她们的生存空间本就充满依附的元素。如何摆脱这种困境，尚且缺少日复一日的细节关注，每天的吃喝拉撒转变成每天的焦虑。但意志的力量就此被放大了。欧母知道，家族的未来在身边这个弱子身上，尤其是"幼敏悟过人，读书辄成诵"这样的信号更加强化了这种期望。所以，我们知道"以荻画地"是被放大了的贫困的阴影，同时，也是对意志力的别样褒扬。

　　作为寡妇，她不再扮演妻子的角色，一个德高望重的母亲角色渐渐容色庄重地塑造起来。

　　欧阳修四十六岁时母亲郑氏去世。丁忧期间，他写下动人的《泷冈阡表》。我们清晰地看到欧母的事业取得了成功，儿子声名远播，不仅在当世，更在千秋。遗憾的是，我们不知道欧阳修成年后欧母的生活细节与精神风貌，只有在欧阳修的深情回忆里看到欧母渐渐成为传统中国的一种精神符号，她是家族伦理道德的践行者、补充者和发扬者，她成功的示范足以成为家族最受尊重的人。

　　　　太夫人姓郑氏，考讳德仪，世为江南名族。太夫人恭俭仁爱而有礼；初封福昌县太君，进封乐安、安康、彭城三郡太君。自其家少微时，治其家以俭约，其后常不使过之，曰："吾儿不能苟合于世，俭薄所以居患难也。"其后修贬夷陵，太夫人言笑自若，曰："汝家故贫贱也，吾处之有素矣。汝能安之，吾亦安矣。"（欧阳修《泷冈阡表》）

　　作为墓表，或许有主观的放大甚至夸饰，但深情的回忆赋予了记叙必要的真诚。"太夫人恭俭仁爱而有礼"是盖棺论定，也是无上功业，这会使她的形象走入男性世界的伦理法则并且占据很大的主动权。

当一个女性足以领导一门风雅，她获得的精神权力与世俗权力相伴相生，她们的隐忍刻苦与精明能干终于在人生的暮年获得了某种报偿。"言笑自若"生动形象地描绘了一个传统女性用一生艰辛所换来的底气和自信，就如《红楼梦》中的贾母一样，她永远慈爱温和却又永远智慧威严，伦理的热情终于成功蕴养了超越性别弱势的道德力量。

庭院依旧深深，乱红终将飞过，生命的终章因何而定？欧母们或许为古典女性提供了一种破局的路径。

第四辑

力量的困境

走入超越之地

少小时喜欢读武侠小说，因为习见了男性侠客唱主角，但凡出现一个女性侠客，那种快意恩仇的飒爽总能带来别样的惊喜。或许是因为过刚则易折，过柔则易悲，一个女侠客似乎更容易兼具刚柔二气，有做事绝不拖泥带水的英气果决，又有至情至性的细腻与柔软，这种性情上的周容避免了望而生畏与望而生怜。

如果舍去男性化的女英雄，我们很容易就把目光落到越女身上。关于她的故事，最早记载于东汉赵晔的《吴越春秋·勾践阴谋外传》。

越王又问相国范蠡曰："孤有报复之谋，水战则乘舟，陆行则乘舆，舆舟之利，顿于兵弩。今子为寡人谋事，莫不谬者乎？"范蠡对曰："臣闻古之圣君，莫不习战用兵，然行阵队伍军鼓之事，吉凶决在其工。今闻越有处女，出于南林，国人称善。愿王请之，立可见。"越王乃使使聘之，问以剑戟之术。

处女将北见于王，道逢一翁，自称曰袁公。问于处女："吾闻子善剑，愿一见之。"女曰："妾不敢有所隐，惟公试之。"于是袁公即拔箖箊竹，竹枝上枯槁，未折堕地，女即捷末。袁公操其本而刺处女。

处女应即入之，三入，因举杖击袁公。袁公则飞上树，变为白猿。遂别去。

准确说来，越女更像是一个文学型人物。虽然上面的记载依托于勾践灭吴的史实，但如果你熟悉中国古典文学中的女侠文学，就很容易知道这种凭借术与道而留名的人往往更倾向于传奇，道术高强、行事诡奇，几近于仙鬼之间的女子拥有对世俗不可思议的超越能力。如你所知，在勾践的阴谋之中，西施、郑旦同样是一种厉害的武器，但她们的威力来自于世俗的欲望，是可轻易效仿和复制的。但是越女的剑术则不然，留给人间的是无尽的惊叹。

在《吴越春秋》的记载中，越女剑术的传奇性主要是通过"袁公"来表现的。这个"袁公"其实就是白猿所变，他的一闪而逝同样给中国文学家的想象留下了肥沃的耕耘之地。有很多的武侠小说中都有一只掌握着至高武学的白猿，它与人世保持着若即若离的关系，只有有缘者可得一见。但在这个原初的故事中，白猿只是一个承托性的存在。白猿听说越女善剑，想要见识一下，于是拔竹枝为剑。在金庸的武侠世界中，这个起手式已经是绝对高人的风范了，也就是独孤求败在"剑冢"铭刻的"四十岁后，不滞于物，草木竹石均可为剑。自此精修，渐进于无剑胜有剑之境"。

然而，越女很淡定。这是典型的文学化写法，对手愈强大愈彰显主角的能力。"竹枝上枯槁，未折堕地，女即捷末"，从武侠的视角去看，就是袁公以内劲去除竹枝上的"枯槁"，我认为应该就是竹枝朽脆的部分。可是，当竹节末端的一节即将坠地的时候，越女接住了这最脆弱的一段竹节，而这成了她的武器。选择武器，其实是越女与袁公的第一次交锋，从"滞于物"的层次上来看已别高下。

接下来，袁公三入，大概是攻势，越女为守。"因举杖击袁公"，"因"字是趁机的意思，所谓的防守有时候并不是弱势，而是君子见机的一种表现，越女在对方的攻势中以静制动，观察分明，一招制敌。这个时候我们要注意用词的变化，越女手中最软弱的竹节已经变成 "杖"，这不是器的变化，武器还是先前的武器，但"力"却发生了变化。很显然，以弱为强的"力"正是来源于越女。袁公不敌，飞身上树，化成白猿而去。

浪漫主义的笔法开启了我们的想象，这个世界还存在着超越人间的形变与力量，而这种存在印证着人的存在，越女在这种印证中表明了自己的超越者姿态，她很显然已超凡，可以用接近神异的力量与世俗之外的力量一较高下。奇怪的是，一个拥有超越之力的人，何以还要走入世俗，去参与世俗长河中的瞬息之争呢？

> 见越王，越王问曰："夫剑之道则如之何？"女曰："妾生深林之中，长于无人之野，无道不习，不达诸侯。窃好击之道，诵之不休。妾非受于人也，而忽自有之。"越王曰："其道如何？"女曰："其道甚微而易，其意甚幽而深。道有门户，亦有阴阳。开门闭户，阴衰阳兴。凡手战之道，内实精神，外示安仪，见之似好妇，夺之似惧虎，布形候气，与神俱往，杳之若日，偏如滕兔，追形逐影，光若仿佛，呼吸往来，不及法禁，纵横逆顺，直复不闻。斯道者，一人当百，百人当万。王欲试之，其验即见。"越王大悦，即加女号，号曰"越女。"乃命五校之队长、高才习之，以教军士。当此之时皆称越女之剑。
>
> （《吴越春秋·勾践阴谋外传》）

在这次世俗参与的行动中，越女向越王阐述了自己的剑道，阴与阳、柔与刚、形与神、动与静等要素都参与到对剑道的领悟，内在与外在微妙的关系却产生极大的作用，"一人当百，百人当万。王欲试之，其验即见"。用真实的验证来增强夸张的说服力，这是历史性的传奇，也是传奇性的布道。这个几近神秘的故事中终究是中国古老的生存哲学。

回到最初的问题，越女的世俗介入有怎样的历史意义？我们知道，江湖是与庙堂的对应，是在官方管制之外的社会。对女性来说，绝对力量是保证自我自由的重要途径，"出于南林"，且有术如此，使她避免了类似西施、郑旦们的身体交易与命运叙事。但是，作为剑道高手，首先是作为人的存在，而人类的江湖必须要做的就是在地而不远人，在人间无所"作"，则必然在人间无所"述"，即便是那些神灵，关于他们的叙事也是因为他们的人间参与。

这是奇怪的关系，江湖在世俗约束之外，但不能远离世俗，否则江湖将失去意义。女子在世俗身不由己，但在世俗之外又失去人世的参考意义，正如陶渊明想象的桃花源，没有世俗的参与，就没有故事，就无法再次找寻。

那剩下的就是如何参与世俗的问题了。越女的剑术其实成了一个巨大的历史象征，摆脱枷锁而获得自由需要力量，这种力量保证一个人进入与退出的自由。但越女故事的社会性启示还在于，没有束缚，自由则无从谈起。避开社会是无意义的，悬隔了社会的超越是无意义的超越，无人世的介入就会与山中白猿无异，失去了作为人间参考的可能。因此，中国的武侠故事中，总是在玄妙的身法之外，还有英雄至性、儿女心肠以及英雄事业。

意味深长的是故事的结尾，"岁余，处女辞归南林。越王再使人请之，已不在矣"（《东周列国志演义》第八十一回）。越女用自我的力量为自己打造了一块超越之地，她为自己赢得了进入与退出的决定权。

过于严肃的关系

太过深明大义的女子，太过"知礼"的女子，从文学艺术的角度来欣赏总不是特别讨喜，正如同《红楼梦》里的薛宝钗，站在世俗价值立场上去考量，她一定会是一个好妻子，也会成为一个好母亲，甚至还会成长为贾母式的大家长。但或许这样女子太"实用"了，让我们体会不到个体生命那种独有的特质，她们个人的心理面相和情感体质是大众化的，带有众人习见的"脸谱"。无可挑剔的好，有时候就像什么也没有一样。

敬姜不就是这样一个女性吗？在华夏文明还那么年轻的时候，她就已经成长为"礼教"世界里的精神巨人，难免让人望而却步。在她的生活世界里，充满了无懈可击的"道理"，宜于被圣人赞扬，却不宜于亲近。

公父文伯，是敬姜的儿子，也是鲁国的大夫。当他下班回到家里，看到母亲正在纺麻，大约是出于做儿子的本能反应，就说："以我这样的家庭，您还纺麻，不仅我的领导季康子要生气，还会给我带来不能好好侍奉母亲的罪名。"其实，这句话里有一个很单纯的意思，也是今天做儿女的想说或常说的一句话——"我有能力让你享福啦！"我们注意到一个细节，上面这句话是在"公父文伯退朝"时说的话，也就是从公共空间转向私人空间了。毋庸讳言，人是有私有性和公有性两面的。洪子诚先生认为，文学往往能表现人在"社会现实面前的软弱无力"，也就是说，公共世界中的运行法则我们不得不遵守，"自我"很多时候是不在场的，正如同朱自清在《荷塘月色》中说："白天里一定要做的事，一定要说的话，现在都可不理。"两个"一定"就是软弱无力，就是不自由，只是"荷塘月色"给了朱自清片刻的完全的自我。

我想，公父文伯退朝回到家里，在那种公共世界里的心理防线开始松弛的时候才对母亲说出了上面那番话，这是真情的流露，是母子之间再正常不过的"私语"。却不料，引出了让自己母亲流芳千古的一番"家训"。敬姜首先就是慨叹："鲁国大概要亡了吧！"一下就把母子之间的对话上升到世俗利弊的顶端；然后就是，"居，吾语女"（来，坐下吧！我给你说道说道！）。

多么严肃的场景，多么刻板的母子亲情！接下来的内容就可想而知了，先是从高处立论："夫劳则思，思则善心生；逸则淫，淫则忘善，忘善则恶心生。"接着又是一大段的天子、诸侯、卿大夫等人的礼仪职责。我们大可以猜想，"公父文伯"刚刚松弛的那根弦是如何慢慢又绷紧的，在绝对正确的道理之下，让人连挣扎的想法也没有。反正，在《国语·鲁语》"敬姜论劳逸"部分我们看不到公父文伯的回答和反应，这是我们历史叙事的特点，让绝对的"正确"占据话语的高地，个体生命的鲜活存在则往往集体失语。

难以想象公父文伯有没有感受过母子温情，但我们可以确切知道的是，至少敬姜一直致力于将自己的儿子打造成那个时代的"道德标兵"。后来，公父文伯居然死在了敬姜的前头，再次让人惊异的是，历史的记叙话语达成了惊人的一致：

> 公父文伯卒，其母戒其妾曰："吾闻之：好内，女死之；好外，士死之。今吾子夭死，吾恶其以好内闻也。二三妇之辱共先者祀，请无瘠色，无洵涕，无瘠膺，无忧容，有降服，无加服。从礼而静，是昭吾子也。"（《国语·鲁语下》）

> 鲁公甫文伯死，其母不哭也。（西汉韩婴《韩诗外传》）

这两处信息有一个共同的特点，那就是"不哭"，当母亲的自己不哭，也不许儿子的妻妾们哭，却都有一个共同的目的，那就是"昭吾子"，让自己儿子声名显耀。因为妻妾们压抑情感，可以给人公父文伯不好内、不好色的高大形象。这种设定的潜在意思其实就是说公父文伯是没有自己的，他的一生都属于"好外"。这大约就是一个恪守名教的母亲最后的执着了。

《国语·鲁语》很多篇目都是说她对儿子公父文伯的教训。我没有质疑敬姜"论劳逸"等宏论的意思，这些话语本身就是几千年来普适的现世准则和道德良方。我只是好奇一个"儿子"的内心世界，几千年前的那个人有过怎样的战战兢兢、克制压抑与内在郁闷。每一个生命都在这个世界小心翼翼，不断权衡着，在约束与放纵之间寻找平衡，而敬姜用极致的道与礼杜绝危险的可能，是明智的，还是失智的？

今日，敬姜遗风仍在吗？

与君绝的困境

在古典时代，如果我们能感受到一个女性的力量多数源于权力，比如武则天、慈禧太后这些攀爬到权力顶端的人物，但是在平常的生活场景中女性力量是被弱化的，被歌颂被关注的往往是柔情绰态的一面。

第一次被女性的力量震撼其实是来自《有所思》，这是《汉铙歌十八曲》中之一首。

> 有所思，乃在大海南。何用问遗君？双珠玳瑁簪，用玉绍缭之。闻君有他心，拉杂摧烧之。摧烧之，当风扬其灰。从今以往，勿复相思！相思与君绝！鸡鸣狗吠，兄嫂当知之。妃呼狶！ 秋风肃肃晨风飔，东方须臾高知之。

这首乐府诗的开篇就呈现出一种距离，大抵的逻辑依然是情因距离成空无。"思"其实是情感的衍生，在空间距离之中有关联，所以人才觉得思绪似乎是有形的牵扯。所思之人在"大海南"，"远"本身是不是问题恐怕每个当事者各有说辞，但诗中那个"他"显然是不可靠的。"闻君有他心"对女子来说是毁灭性的消息，漫长的思念中形成的情感期待有多大，这个消息的毁灭性就有多大，如冰川崩裂，轰然而下。这种前后情感的悬殊选择了爱情故事中的常规落点，也就是信托之物。情到深处，用什么相赠呢？是一支装饰有珍珠和玉环的玳瑁簪子。细节虽然省去了，但并不影响我们对这支簪子的悬想，是亲手制作还是有心购买都掩盖不住情有所托时的满心欢喜。可是"信托之物"并不能带来情感上的守恒，如同《左传》中所言："信不由中，质无益也。"连互换人质都不能确保信义，何况是信托之物？

男子终究有了二心，毁灭性的打击引来女子激情热烈的怨诅和决绝。"拉杂摧烧之。摧烧之，当风扬其灰。"这是令今天的读者大感痛快的句子，"拉""杂""摧""烧""扬其灰"，毁灭性的动词以密集的方式出现，产生的情感力度是空前的，长久积蓄的情感遭到了破坏性的释放，并且随着信托之物随风而逝。只剩下惊异和赞叹！面对背叛的猛烈回应涤荡了长久以来我们一贯认为的女性所特有的委屈、忍辱与无奈。真是要大呼痛快了！

情感的瞬间爆发是非理性的，这足以说明诗中女子性格中直率刚强的一面。可是在情感的烈度落潮之后，我们还是迎来了柔软的部分。

回忆是无法与玳瑁簪子一起随风而逝的。那些"鸡鸣狗吠"的日子很快在脑海中纷至沓来，热恋的时光可能逾越了礼制，偷偷约会引起的鸡鸣狗吠把恋爱的消息传递给了兄嫂。或许这依然是无妨的，可当下的困境却是动静不小的恋爱故事已迎来终局。

她将怎么办呢？

据说，故事还有另外一层延伸。不少学者认为《汉铙歌十八曲》中的另一首《上邪》是《有所思》的互文性文本。

上邪！我欲与君相知，长命无绝衰。山无陵，江水为竭，冬雷震震，夏雨雪，天地合，乃敢与君绝！

很多时候我们把这首诗当作爱情坚贞不移的盟誓。"上邪"便是以天为誓，把人的情感引向了自然，因为人类的很多内容都是有限的，唯有自然始终保有了某种恒常。而热烈的爱情体验又总是让人生出奢望：我欲与君相知，长命无绝衰。希望相爱之心永不褪减，情感的保质期是永远的，除非天地反常，自然逆转。"山无陵，江水为竭，冬雷震震，夏雨雪，天地合"这种非常态的不可能意味着变心的不可能。

可是，如果《有所思》与《上邪》只是一篇文章的前后两部分，这种内容上的衔接性让我们看到这个无所顾忌、大胆刚强女子的情感困境。"乃敢与君绝"是没有退路的情感输出，可是作为女性，她无法确证男子情感的坚韧程度。正如《有所思》收尾处的"东方须臾高知之"，天明之后会不会出现某种答案是令人担忧的。汉代是儒学与礼教盛行的朝代，女子的地位正在古典文明的权力分配中不断下降，一个女子"与君绝"的主动性有多大值得怀疑，如果以《上邪》为参照的话，这种主动断绝的可能性几乎为零。女子巨大情感投入的背后，恐怕还有着巨大的依附性和无退路、无选择，义无反顾是她们唯一的出路。

所以，关联两首诗是有必要，被背叛的瞬间，女子可以立刻爆发出极大的情感力量，这种力量让人震撼，同时也感到珍贵。可是，当冲动退却，这个女子的"力量"输出依然是被动的，她是在忠贞被解构的情况下表现出的力量，实际上她是被男性"断绝了"，主动的"与君绝"是以天为誓的，不具备自主的可能性。

最后，我想以 1900 年敦煌莫高窟出土的唐代《放妻书》来结束上面的论述：

　　盖说夫妻之缘，伉俪情深，恩深义重。论谈共被之因，幽怀合卺之欢。凡为夫妻之因，前世三生结缘，始配今生夫妇。夫妻相对，恰似鸳鸯，双飞并膝，花颜共坐；两德之美，恩爱极重，二体一心。三载结缘，则夫妇相和；三年有怨，则来仇隙。若结缘不合，想是前世怨家。反目生怨，故来相对。妻则一言数口，夫则反目生嫌。似猫鼠相憎，如狼羊一处。既以二心不同，难归一意，快会及诸亲，以求一别，物色书之，各还本道。愿妻娘子相离之后，重梳蝉鬓，美扫蛾眉，巧逞窈窕之姿，选聘高官之主，弄影庭前，美效琴瑟合韵之态。解怨释结，更莫相憎；一别两宽，各生欢喜。三年衣粮，便献柔仪。伏愿娘子千秋万岁。

　　网上很多人表示，真是离婚也温柔，尤其是"一别两宽，各生欢喜"八字简直是当今情感崩坏时的离情佳酿。可是，在如此刚性的和离制度里，我们依然感觉到了女性主体性的缺位。封建时代，婚姻结构的稳定性是以家族和男性的意志为转移，以男性为主导的制度形成了性别上的强势地位。所以，辞藻敷饰、高情雅意的背后依旧是温柔一刀，哪里有女性"与君绝"的勇气与自由呢？

面对命运的人

　　如果我们用百度百科搜索蔡文姬，她的词条下总有一个备注："东汉末年才女。"这个备注很有意思，它把一个有着极高智识的女子放到了一个时代的末路。在中国的历史长河中，这种搭配是典型的悲剧艺术酿造器。末世，个体命运在不可预知的灾祸中等待倾覆；才华，使人具有了洞见命运的可能，也有了看见因果的条件，令个体在肉体的痛感之外还要遭受精神的动乱。

　　　　陈留董祀妻者，同郡蔡邕之女也，名琰，字文姬。博学有才辩，又妙于音律。适河东卫仲道。夫亡无子，归宁于家。兴平中，天下丧乱，文姬为胡骑所获，没于南匈奴左贤王，在胡中十二年，生二子。
　　　　曹操素与邕善，痛其无嗣，乃遣使者以金璧赎之，而重嫁于祀。（《后汉书·列女传》）

后来的历史阅读者从上帝视角去阅读她的时候，这样的命运线条是无比清晰的，简单的文字，直截了当的不幸，人生的每一处拐点都安排得明明白白。面对历史，读者可能会产生一种荒芜感，这就是历史啊！这就是历史中的人啊！这就是人的命运啊！概括性地看历史有淋漓之感，用快捷的方式给过去的人做概括，没有命运之刀精割细切的慢痛。但是，当事者不一样，与命运正面交手的战争都是细节，每翻开一层就是一层的血肉模糊。

夫亡无子，诗书之家的女子如何面对这个早到的不幸是值得思考的，这种思考的细节才会让历史产生意义，并丰富人类与命运交手的经验。任命运摆布的人，固然令人慨叹，但无法给人启示，如刀割草芥，如风行草上，齐刷刷的悲剧慢慢就变成理所当然的麻木，一个悲剧的人安慰自己的最好的方式就是：别人也如此。

悲剧的深度在哪里？在于咀嚼悲剧的能力。"博学有才辩，又妙于音律。""博学"是见识上的广博，时空上的延展让人获得无数多的参照，像蔡文姬这样的女性就会对自己的命运产生何以如此的疑惑和我当如何的思考。"才辩"则支持一个人打破习性，她有审视和反思事件的能力。所以她的心思是机变的、情绪是波动的、视野是开阔的、眼光是锐利的。《悲愤诗》开篇就是"汉季失权柄，董卓乱天常。志欲图篡弒，先害诸贤良"。这说明蔡文姬是把自己的悲剧放到一个大的时代容器中的,在这个容器中人怎样被逼迫、欺凌,怎样被变异和酱染,她有自己的审视。

《悲愤诗》有几处细节值得关注,她写董卓治乱:

> 平土人脆弱,来兵皆胡羌
>
> 或有骨肉俱,欲言不敢语。
>
> 要当以亭刃,我曹不活汝。
>
> 彼苍者何辜,乃遭此厄祸!
>
> ……

这些句子中的指称都是群体的,集合的,她看到的命运的共性不是指向自我的安慰,而是群体的观照和质问。关于这一点,不妨去看看杜甫的诗中世界和李煜的释迦情怀,他们都有自己的不幸,但他们的审视与思考绝不仅仅是私人的。

她写自己被赎归乡也是,"己得自解免,当复弃儿子。天属缀人心,念别无会期。存亡永乖隔,不忍与之辞。儿前抱我颈,问母欲何之"。母子分离之景如在眼前,"儿前抱我颈"更是人伦之痛,令人泪目。但是心思细腻的蔡文姬她还有另一层的注意,"兼有同时辈,相送告离别。慕我独得归,哀叫声摧裂"。史书上说,曹操因为素与蔡文姬的父亲蔡邕交好,便用重金将蔡文姬从胡中赎回，这对个人来说是与众不同的机缘。可是"出门无人声，豺狼号且吠"的末世何止一个蔡文姬式的悲剧呢？不知有多少鲜活的生命如草芥被漠视和埋葬。所以，蔡文姬之才是因为她的才华支撑起了她的悲悯和同情，她知道自己的悲剧其实是共性的，自己的待遇又是独特的，那些和自己一道沦落的"同时辈"该是多么羡慕我啊！那些别离之时的"哀叫声"又将她拉向了普遍的命运关注。

今天，我们对于才女的关注，到底依托着怎样的标准实在是一个含混的事情。

> 操因问曰："闻夫人家先多坟籍，犹能忆识之不？"文姬曰："昔亡父赐书四千许卷，流离涂炭，罔有存者。今所诵忆，裁四百余篇耳。"操曰："今当使十吏就夫人写之。"文姬曰："妾闻男女之别，礼不亲授。乞给纸笔，真草唯命。"于是缮书送之，文无遗误。（《后汉书·列女传》）

这种超强的记忆与博学是令人啧啧称道的，但这很显然不是我们定位"才女"的标准，知识或者学识只是打开世界的一扇门，但这个门打开后，一个人如何面对命运依然千差万别。蔡文姬其实是一个艺术性的人物，智识上的发展只是使她获得了审视的可能，她的魅力在于没有沉沦在个体的患得患失之中，她看得见自己更看得见众生，在末世被命运撕裂的是一个群体，但经历清醒而无出路那种刻骨悲剧的却是少数。

现在我们再回头看蔡文姬生平那简要的叙述，夫亡无子、没于匈奴、被赎重嫁，没有浪漫爱情的传奇叙事与惊人细节，怎么看都是人间平常。但她的《悲愤诗》足以让她从简约的历史叙事中实现超越，并细腻了一个才女的精神世界。

女英雄扮演者的进入与退出

学生时代读《木兰辞》，产生过很多奇怪的想法，首先是觉得不真实，比如"同行十二年，不知木兰是女郎"。十几年的军旅生活，朝夕相处，即便战事频繁让兵士无暇它顾，但日常起居吃喝拉撒总是绕不开的，一个女儿身何以一直隐藏？再有就是打完仗，回家后的花木兰后来怎样了？一直被当作南北朝民歌传世的《木兰辞》没有告诉读者这些，因为本质上这是一篇艺术作品，想象空间的预留本就是艺术追求之一。

可是，花木兰又似乎是一个真实的人物，自古而今有很多人都在考证，就连她的籍贯都有安徽亳州、山东任城、陕西延安、湖北黄陂、河北魏郡、河南商丘等各种说法，每一处都宣称本地为"木兰故里"。还有就是朝代定位，有说汉代的，有说南北朝的，也有说隋唐之间的，总归是莫衷一是。后来终于有学者看不下去了，复旦大学刘大杰先生在《中国文学发展史》里直接说："考证这些无稽之谈，实在没有一顾的价值，我们只要知道花木兰是一个北方英勇女性的代表就够了。"

我既不敢轻易否定考据派们的用史料说话，也不敢盲从学者们的艺术论调。倒是刘大杰先生一句"一个北方英勇女性的代表"把我的疑虑拉回到了问题的根本，也即这个历史人物或艺术人物的存在意义。我想，如果把这句话再缩减一下的话，就是"一个英雄女性的代表"，而这话里面就藏有民族的某种文化特性，或者，具体地说是某种性别期待。

这个期待是什么呢？在我看来，那就是女性的男性化表达，也就是女性的男性角色扮演。扮演，是一种尴尬的表达，意味着本身并不如此，而是无限趋近他者的意图。无论扮演者多么用力用心，扮演就是扮演，屈就与附和是其基本特征，尤其是在跨性别的扮演中，最高明的扮演也不过于几可乱真，但依旧摆脱不了本身的非是。

我们最终要相信语言的意图，哪怕是艺术化的语言。

　　昨夜见军帖，可汗大点兵，军书十二卷，卷卷有爷名。阿爷无大儿，木兰无长兄，愿为市鞍马，从此替爷征。

语言逻辑里呈现出"有"和"无"的对照，征兵命令避无可避，处处都"有"父亲的名字，但又处处都是"无"大儿、"无"长兄的回应，困局形成一种外在的压力与选择的迫切，从而可推论花木兰的替父从军未必是自醒自觉的，那是来自政治的压力与伦理的责任。

同时，我们又可以在花木兰身上看到完全的中国传统女性的基础形象。"唧唧复唧唧，木兰当户织。不闻机杼声，唯闻女叹息。""当户织"的木兰形象其实是脸谱化的，这是男耕女织社会形态中的基本形象定位，但变化就在于"不闻机杼声，唯闻女叹息"，织机停下来不再作响，意味着女性的社会功能出现了中止，而她的"叹息"将她的形象从扁平拉向立体，她不再是无所思无所忆的按照天然的性别分工生活着的女性了。那为什么又说"问女何所思，问女何所忆。女亦无所思，女亦无所忆"呢？这其实是艺术情境的再现，大概是纺织的中止引起了家人的询问与关心，她则做出遮掩性的回应。

所以，我们看到了花木兰复杂的内心世界，避无可避的命运的压力与选择的迫切，将她从常态的女性生活中拖入非常态。

接下来的从军生活是她跃出常规的日子，那是男性化的世界，从男性的视角看战争其实并无特别的地方，这是历史分合世界里的一般性戏码。我们感兴趣的是她如何以女性的身份介入男性世界，并且又如何从男性世界抽身回归的。

开我东阁门，坐我西阁床，脱我战时袍，著我旧

时裳。当窗理云鬓，对镜帖花黄。出门看火伴，火伴
皆惊忙：同行十二年，不知木兰是女郎。

从艺术角度看，这段文字很有意思，一个女性开始从男性
角色的扮演中退出，恢复她的女儿身，"脱"与"著"是取用
符号的过程，女性的符号开始出现，"当窗理云鬓，对镜帖花
黄"本身是简单的装饰动作，但"理"字与"帖"又分明给人
女性温润、细腻和柔软的感觉，这是女性角色的回转与复苏才
能带给读者的艺术体验。"出门看火伴，火伴皆惊忙"是很戏
剧化的场景，我们似乎可以想见"战友兄弟们"惊讶的表情，
"不知"是对扮演成功性的确认，但更多的则是性别角色错
位引起的难以置信，因为谁也没想到"策勋十二转，赏赐百千
强"，甚至差点因功勋卓著而入职尚书省的战争英雄竟然是个
女性。

更戏剧化的观念出现了：谁说女子不如男！

雄兔脚扑朔，雌兔眼迷离；双兔傍地走，安能辨
我是雄雌？

我想文章最后的四句话应该是民歌创作者的主旨。雄雌在
性别表征上是有区别的，正如同雄兔与雌兔的脚和眼，那是提

供"区别"的信号。可以区别就可以分工，在生产力的"食物链"上意味着强弱的分野。可是"双兔傍地走，安能辨我是雄雌？"，当我们淡化某些"区别"，大家在同一个平台、享有同一个机会，不分彼此地承担责任和义务，又似乎可以不用区分。那么，男女性别区分以及随着而来的社会角色区分又有什么意义呢？我不知道《木兰辞》的创作者是否在固有性别角色的漫长历史中有过这样的疑惑和追问，但历史确实总是不断提供反驳"从来如此"的材料。

在中国漫长的历史中，最不缺乏的就是互证的材料，尤其是女性向英雄的跨越，花木兰不是第一个，也不是最后一个。早如商朝，就出现过妇好这样的女将军，那个甲骨卜辞里称为"母辛宗"的女子，生活在公元前12世纪前半叶武丁重整商王朝时期，她是武丁的王后，也是一名杰出的政治活动家、军事家。据说她有着非凡的见识和身份，甲骨文关于她的记载有两百多条，其中明确记载了妇好作为国家重要的统治人员之一直接参与了当时商王朝的"戎"与"祀"等一系列重大政治活动。《左传》记载，"国之大事，在祀与戎"，由此可见妇好在当时社会的重要地位。但并不是说，在商代女性角色和后世有多么不一样，甲骨文是中国最早的成熟文字系统，每一个字都是当时文明的容器。比如商人称尊贵的女性为"妇"，而"妇"字的彐部在甲骨文就是一把扫地的笤帚，即"帚"字，由此可见商人默认女性的职能是做家务，用箒帚即代表妇女。还有就是"女"字本身，甲骨文写法像一个跪坐姿势的女子，以驯服的造型和较大的胸部为特征。更有代表性的则是"妥"字，甲骨文为手抓一名女子，显示出一种用女子献祭的方式。由此可见，女性在家庭和社会中的角色定位很早就确定了，而妇好正是花木兰形象的上古源头，那是扮演男性角色成功的典型。

如果细细一查，中国古代女性记事中似乎还有着一种花木兰效应。比如明人刘惟德著有《韩木兰传》，写少女木兰，姓韩，原名娥，生于元末，系四川阆中人，十二岁女扮男装代叔父出征。清人瀛园旧主所著《木兰奇女传》则说唐朝初期有一个少女名叫朱木兰，系湖广黄州府西陵县双龙镇人，她娴弓马，谙韬略，十四岁时女扮男装代父从军。除了这些在名字上与花木兰雷同外，还有很多虽然没有遮掩性别却充当男性征战职能的女性，比如唐代的樊梨花、宋代的穆桂英和梁红玉、明末的秦良玉等，每一位在战场上都显现出丝毫不逊色男性的勇敢和智慧，单此而论，真要发出"安能辨我是雄雌？"的感慨了。

男女分工是随着生产力的发展产生的，性别优势其实是各取所需的过程。但花木兰现象的出现又说明，男性强势的古代社会对女性还有一种潜在的矛盾期待，当然也可能是女性的自

　　我期待。社会需要女性既有相夫教子、入得厨房的基本定位，又有上得厅堂、去得战场的社会参与力。前者满足男性力量的自证，后者满足男性力量的延伸。

　　可是，若要满足这种期待又在某种程度上打乱了女性固有的成长节奏，突然的角色出离会将她们的人生悬置在了一个尴尬的位置，她们可以拟男性化而取得某种成功但她们毕竟不是男性，没有文化的深刻响应，她们享有的资源分配还是由男性主导的，正如《木兰辞》中的"愿驰千里足，送儿还故乡"，回归本身永远是她们的最终归处。扮演是需要代价的，既然介入终须退出，性别角色的异化会导致固有社会文化中的成长路径被耽搁和延误。作为花木兰籍贯可能地之一的湖北黄陂，《黄陂县志》载"（花木兰）成老阁，九十寿终"，也即花木兰恢复女儿身后，终身未嫁，成了老闺女，直到九十岁寿终正寝。我想最现实的原因就是征战十二年，早已延误了一个妙龄少女的应有故事。同时，这个记载也就回答了我最初的疑问：回家后的花木兰后来怎样了？

　　答案便是，扮演落幕，则传奇结束。

女冠是一种护甲

在古代，作为女子，除了最终进入家庭生活，扮演妻子和母亲的惯常轨迹外，还有没有其他出路？这个问题的答案或许可以沿着宗教信仰的路径寻觅，去历史褶皱里翻检出一个特立独行的答案——女冠。

鱼玄机，就是唐代女冠的一个最为杰出的代表。

其实，有学者早就注意到这样一个现象：清代《全唐诗》的编者把道教女诗人分离出来，把她们和鬼、动物放在一起。这种处理的背后有着深刻的文化动机，古代社会里的女性往往欠缺充分的自我主体性，在以男性为主导的文化视野中，女性人物的情感与社会背景常常显现为空白，而男性书写的文本中的女性又将女性置于被选择、被鉴赏的地位，所以，她们的存在终究是无声的存在，即便在《全唐诗》里，那个汇集着女尼、女道、鬼和会说话的动物的作品里，有一个内在的概念，即她们（它们）通常是没有声音的生物：女人不应该会写作，死人不应该和活人说话，动物不应该拥有语言。

但一个鱼玄机的声音或许是一种尝试性超越。

作为世俗婚姻的遇难者，她为李忆之妻所不能容时，要么走向"坐愁红颜老"的女性薄命清单，要么寻求一条殊途找到新的出口。如今看来，长安咸宜观对鱼玄机来说，如同和尚的那一身袈裟，将一个女性从形式上拉开与隔岸红尘的距离。

在宗教的保护体系下，鱼玄机反而得以以另一种方式进入红尘。咸通四年（863），鱼玄机作《闻李端公垂钓回寄赠》："无限荷香染暑衣，阮郎何处弄船归。自惭不及鸳鸯侣，犹得双双近钓矶。"这首诗中引发众多说辞的是诗人所用的典故，第二句中的阮郎即阮肇，是南朝宋刘义庆《幽明录》所记载故事中的一个传说人物，据说会稽郡剡县刘晨、阮肇共入天台山采药，遇两个丽质仙女，被邀至家中，并招为婿。鱼玄机将其写入回赠男性的诗中当然代表了一种强烈的女性意识之觉醒。注意典故的一个细节，女性在爱情婚配的环节中均是占据主动地位，"邀"和"招"用今天的流行话语就是打破了女性作为"第二性"的性别属性，开始了女性主体的大胆求爱。当然，一个女性全然的权利包括追求和拒绝两端，她敢于追求，自然就有拒绝的勇气。当一位刘姓尚书欲纳鱼玄机为妾时，她作《卖残牡丹》诗，"及至移根上林苑，王孙方恨买无因"，用委婉的方式表达了自己不愿被幽闭的心思。

当然，《全唐诗》所录鱼玄机的五十首诗中像这般大胆和无畏的表达还有很多，比如《赠邻女》中愧杀无数薄情男性的"易求无价宝，难得有心郎"和爽快利落的"自能窥宋玉，何必恨王昌"，尤其是后句以"王昌"代指李亿，从认知上将鱼玄机从情感被动的旋涡中拔出，自信地认为，只要鼓起勇气，主动争取，便是宋玉这样的才子也能求得。如此心境，即便男性读来也不得不叹服这个女性诗人的胸襟和气度。多情但不耽于爱欲，渴望但不委曲求全，这其实是对自我价值的肯定和周全，热情又理性才能支撑起一个与外部世界对话时不卑不亢的态度。

奇怪的是，我们说鱼玄机是一个女冠，但更多看到的却是一个女诗人，这二者之间有着怎样神奇的关联？

事实是，美艳、诗人这些身份都无法完全赋予古代女性独特的主体身份，而道教信徒这种宗教身份仿佛将女性从红尘滚滚中打捞出来，沥干了有水分的视角，因为作为女信徒她们执行着与男人一样的实践

——节食、服用灵药、节制性欲或生殖活动、冥想。尤其是女性，同样可以借由宗教实现对肉身的超越，这在唐代杜光庭撰述《墉城集仙录》中可略见一斑，三十七位女仙事迹或仙蜕、或尸解、或白日飞升，以宗教异象实现了女性对为人妻为人母的一般路径的超越。

当然，真正飞升成仙的又有几人？谁曾目睹证实过？但道教信徒或者女冠这个称呼对古典女性来说不失为一种有益的身份。所以，"弃家云水，不避蛟龙虎狼"是杜光庭笔下对修道的宗教性想象还是为我们暗示了宗教给予女性的坚硬护甲呢？

洞仙歌罢花蕊在

名字，有时候是一种遮蔽，名不副实的名字隐藏深处的黯然与失落；名字，有时候又是一种启发，它暗示处在遥远距离之外的人需要动用必要的脑力去勾勒形象。花蕊夫人的名字大概属于后者，一个可以激发想象的名字，不仅有花的形态，还有花瓣包裹着的内里，那是立体的美学形象，仿佛蜂蝶都可依香循径找到花蕊的所在。

关于她的故事，关于冠上这个美丽名字的人，在有限的历史信号与缝缝补补的想象中，苏轼做了很好的艺术补全。

洞仙歌

苏 轼

余七岁时见眉州老尼，姓朱，忘其名，年九十岁。自言尝随其师入蜀主孟昶宫中。一日，大热，蜀主与花蕊夫人夜纳凉摩诃池上，作一词，朱具能记之。今四十年，朱已死久矣，人无知此词者，但记其首两句。暇日寻味，岂《洞仙歌令》乎？乃为足之云。

　　冰肌玉骨，自清凉无汗。水殿风来暗香满。绣帘开，一点明月窥人，人未寝，欹枕钗横鬓乱。　　起来携素手，庭户无声，时见疏星度河汉。试问夜如何？夜已三更，金波淡、玉绳低转。但屈指，西风几时来，又不道，流年暗中偷换。

　　如果从故事的结尾去看局中人，全知的视角倒是会给艺术家平添许多悲悯的情感。蜀主孟昶是要亡国的，花蕊夫人是要横死的，但摩诃池上的纳凉之夜，星月皎洁，情感饱满，灵智的生命还沉浸在美好的此刻，命运埋伏的悲剧的终章没有显现任何端倪。"冰肌玉骨"的花蕊夫人带给人空灵之美，其实是月的形象与人的交融，在蜀主孟昶的心眼中，见人如见月。风携暗香来，香起何处？是摩诃池上的荷花吗？是花蕊夫人身上的馨香吗？人境交融的若隐若现，使我们想见孟昶那刻心间的丰足与自乐，此刻良辰，皆是美景。明月是灵动的，花蕊夫人与月亮的交融在此分离开来，那一点在空的明月也好奇人间美色，要看看绣帘遮蔽下的到底是怎样的美丽。拟人了的月，自有一丝儿调皮的意味，一个"窥"字似乎又把月与那蜀主联系在了一起，在政务之外，

在纯粹的情爱世界里说其心如月也不为过。总之，"窥"字
并不猥琐，在澄净的夏夜，我们看到了未经雕饰的美丽姿
态，向往美丽，但还带点好奇与谨慎。"欹枕钗横鬓乱"的
前因与后果都很天然，夏夜纳凉总是有原因的，一国之君携
手佳人，在寂静的夏夜瞻望星河，那被省略了话语细节竟激
活了更多的心灵话语，那些美好的词语在那时那刻，在此时
此刻，在无时无刻都激荡于人们遭遇美好的瞬间。

　　如果上述是苏轼的镜头语言的话，下面的铺陈已经转入浩
荡的历史语境。美丽的那时那刻是不瞻前顾后的，补全故事的
苏轼却不然，他从一个瞬间走向了某种必然，也就是期待的双
重意义。夏季炎热，而秋风送爽，屈指算算时间是常事常情，
可是一个瞬间也是无数个瞬间的剪影，无数个瞬间则成流年偷
换，个体美好瞬间在时间面前失去了可靠性，变得虚无和令人
伤感。

　　当然，这种虚无与伤感是苏轼所附加的，他演绎了上面的
故事。他演绎的同时也看到了遗忘的必然性，七岁时听眉山朱
姓老尼说蜀主孟昶宫中事，并且详细说了孟昶所作之词，但
四十年之后，无人知此词，自己也只记得其首两句。于是，我
们在苏轼的词序中看到了时间的某种本质，即遗忘与记忆，真
相只在当时当事，遗忘则携带缺漏与想象走入他者视野，记忆
这件缝补工作则交给机缘巧合的艺术大师，他们用不同的方式

与水准重现过往。

苏轼的"流年之叹"是有原因的。

北宋乾德二年（964）冬，宋太祖赵匡胤兵发后蜀，孟昶出降，花蕊夫人与百官、嫔妃一起做了宋军的俘虏。按理，后蜀几代君王均厚待将士，但是在"国破"之际竟无一人可用，真是令人疑惑。原因与《洞仙歌》的空明纯粹截然不同，美好的瞬间并不能与一人或一国的命运轨迹完全剥离，纯爱的闭环只是刻意回避了支离破碎的现实。那广为传诵的故事，依然拥有细微之物常有的巨大象征性，据说后蜀攻灭后，孟昶的奢侈品被送到汴京，其中一件溺器（夜壶）竟是用七色宝石镶嵌。赵匡胤显出了一个开国君主的先见之明，他大怒并命人砸毁这件奢华的象征物，认为君主时时处处讲奢华，怎能不亡国？

于是人们自然可以展开儒家理念中的习惯联想，花蕊夫人何尝不是君王奢华的象征？绝对的美好消磨了一个人面对世间所有的耐性和勇气，摩诃池的纳凉之夜只是一个片刻，但这个片刻的引诱力足以让一个君临一方的雄主熄灭了危机感与雄心。然而，对这种习惯性关联的否定不是来源于外在，而是当事人花蕊夫人。这个才思敏捷、颇有诗名的美人，在赵匡胤让她咏蜀陈词时，她诵一首《述国亡诗》作答：

君王城上竖降旗，妾在深宫那得知。

十四万人齐解甲，更无一个是男儿。

这个时候，我们似乎无法将花蕊夫人与摩诃池畔冰肌玉骨、与月同辉的美人联系到一起了，言辞之中的热烈是骂是怨。她或许从没有过以君王的视角审视天下，却在奇耻大辱降临的时刻感受到对软弱的深刻反感。君王在城上竖起降旗消解了深宫女子对血性的期待，倒下的还有君王的形象。"妾在深宫那得知"，必然令人遐思，国破家亡之际，一个女子会以怎样的方式参与家国巨变？谴责并未结束，君王背后是十四万的军中男儿，那可战之力又何以沉默？"十四万人齐解甲，更无一个是男儿。"十四万蜀地男儿无论如何也不曾料到，男性力量失落的耻辱会被一个女性用尖锐的方式载入史册，那就像一个永远无法愈合的伤疤，随时都会被后来的读者用疑惑又愤慨的方式无情揭开。

国事的考量是权衡利弊的，他们的选择自然有诸多的原因；而她的考量，是片面又纯粹的执着，那就是对男儿血性的单纯期待。可是，他们的故事终将结束，美丽也好，热骂也罢，诸国之乱中总有兴亡之痛和别离之悲。孟昶降宋后，七日而亡；花蕊夫人入侍宋宫，勉承雨露，却也在诸多的猜测中成了赵光义的箭下亡魂。

成为疑团是历史生命的必然，再客观的笔墨也无法构筑真实的生命镜像。那些缺失的部分是朱姓老尼的口中传说，是七岁孩童的零星记忆，是绝代词家的绝美构想，但我们再也无法抵达那时那刻，只能在艺术的无极想象中不断涉足美好与忧虑的纠结世界。

金石录悲喜

赌书泼茶，是李清照、赵明诚夫妇的新婚甜蜜，当然也脱俗于一般的婚姻叙事，大有一种"游于艺"的高级趣味。这也是李清照在《金石录后序》里深情描述的部分：

> 余性偶强记，每饭罢，坐归来堂烹茶，指堆积书史，言某事在某书某卷第几页第几行，以中否角胜负，为饮茶先后。中，即举杯大笑，至茶倾覆怀中，反不得饮而起。甘心老是乡矣！

当然，这篇文字是李清照在历经国破家亡的变乱后写就的，回忆起过往，或许因为现在同回忆之间有了一定的距离，过去会变得分外美丽。其实，我们细读李清照的《金石录后序》，依然可以窥见她不经意间流露出的对婚姻某些细节的不满和失望。

《金石录后序》记录的主要是李清照和赵明诚在金石方面

的收藏、鉴赏和散佚的过程，婚姻初期的喜悦常常体现在这共同的爱好上。

> 每朔望谒告，出，质衣，取半千钱，步入相国寺，市碑文果实。归，相对展玩咀嚼，自谓葛天氏之民也。

这段文字可以看到知识分子夫妻在日常生活中的趣味，尤其是"咀嚼"二字，有着丰富的文化内涵，既是咀嚼果实也是咀嚼碑文，是生活与艺术水陆通航的美满时刻；同时，"咀嚼"又是一个极其缓慢的动作，那种岁月静好、缓慢悠长的二人世界成为很多人的终生向往。

可是，生活的转折点很快到来。随着收藏品的日渐增多，一种隐隐的负担随之而来。由于早先的一种纯粹的爱好开始成为一种执念，爱好成为癖好，癖好成为嗜好，嗜好生出贪念。释家说人的痛苦在于"执"，而爱好最容易陷入"执"的泥淖。李清照继续写道：

> 收书既成，归来堂起书库，大橱簿甲乙，置书册。如要讲读，即请钥上簿，关出卷帙。或少损污，必惩责揩完涂改，不复向时之坦夷也。是欲求适意，

　　而反取慺慺。余性不耐……

　　我们现在可以留心"请钥上簿""必惩责揩完涂改""余性不耐"这些关键信息了，之前赌书泼茶、展玩咀嚼的琴瑟和鸣与自由自在的闺房之乐已经被"请""惩责"这些规矩给破坏殆尽，而这些规矩与李清照"余性不耐"的天性相违，怨念自然开始在夫妻二人的生活中滋长了。

　　随着国家形势的日衰，夫妻二人之间的裂缝也随之加大。金兵南下，夫妻二人在国家的大风暴中颠沛流离。"建炎戊申秋九月，侯起复知建康府"，丈夫要立刻上任，所有收藏和妻子李清照都要先留下，仿佛这两样所爱都成了必然割舍的东西。

　　　　余意甚恶，呼曰："如传闻城中缓急，奈何？"
　　戟手遥应曰："从众。必不得已，先弃辎重，次衣被，次书册卷轴，次古器；独所谓宗器者，可自负抱，与身俱存亡，勿忘之！"遂驰马去。

　　这是一次冷冰冰的离别交代，这个急着赴任的男人对他拥有的收藏和女人进行了价值排序，而到了用于宗庙祭祀的祭器，他的交代是"可自负抱，与身俱存亡"。我相信，一个情感细腻、才华见识均在那个时代很多人之上的女词人，终于意识到，一个女性在男人主宰的世界里的悲哀，所有有关爱情和婚姻的佳话，都不敌于大局和大势。

余下的故事，就是从婚姻的余温中渐渐滑落。因爱而执着的东西一件件、一个个都失去了。第二次婚姻探索，那个传言叫张汝舟的男人奔着藏品而来，用仰慕与爱情编制的谎言很快为她换来牢狱之灾。这个享有过婚姻艺术巅峰的女性，慢慢在生活支离破碎的教训之下走向绝望。"寻寻觅觅，冷冷清清，凄凄惨惨戚戚"是无所期待的期待，无所寻觅的寻觅，巨大的空无感给一个知性高绝的女性画上生活的句号，你将看到，一个清醒的女性在一个落后的时代里注定无奈和痛苦。

一种被围困的命运

　　知道朱淑真这个人其实是源于一首游戏之作——《圈儿词》。

　　　　相思欲寄无从寄，画个圈儿替；话在圈儿外，心在圈儿里。我密密加圈，你须密密知侬意：单圈儿是我，双圈儿是你；整圈儿是团圆，破圈儿是别离。还有那说不尽的相思，把一路圈儿圈到底。

　　初读圈儿词就觉得有趣、好玩，便想这定是个有趣的人，而且应该是个幸福的人，只有幸福又有趣的人才会笑容满面地把生活表达成艺术，又把艺术融入生活。后来，才知道圈儿词的作者叫朱淑真。

　　我看到文史著作里常把朱淑真和李清照并称，其实用今天的话说，朱淑真与李清照比起来算不得流量明星。晚清陈延悼在《白雨斋词话》中对朱淑真的词作评价颇高，"朱淑真词，风致之佳，情词之妙，直不亚于易安。宋妇人能诗词者不少，易安为冠，次则朱淑真，次则魏夫人也"。后人多将其《断肠词》与李清照的《漱玉词》并称为"词中双璧"，可见朱淑真词在词史上的重要地位。她之所以不似李清照那样拥有广泛的读者，本就是历史命运的某种奇诡，德、言、功只是历史叙事的必要条件，但还有很多阴差阳错促成了文化意义上的漫漶。

　　但朱淑真依然是个"有史可证"的人，她的个人作品就是她最好的史料。是一个怎样的人才会写出《圈儿词》这样的作品呢？别情是古代诗词常见的内容，男女生活空间的分野导致了分别成为家庭生活的常态。闺中人的相思如何表达如何传递？意象都是现成的，什么月呀，花呀，雁呀等被诗人们的笔墨反复洇染过，早已是堆叠如山的生离死别与海誓山盟。可是朱淑真似乎想要跳脱出来，她不是要"两句三年得"地抵达某种艺术的高度，她只想表达闺中少妇对丈夫的思念，不是公众的表达，不要严肃、不要规行矩步地言说。甚至我们可以猜想，朱淑真就是在某个寂寞的时刻，在百无聊奈的档口，笔随心动，落在花笺上的就是一个一个用来打发时间的形态各异的圆圈。

　　一转念，满纸的圈儿，或圆或半，或双或单，一种自创的意象就这样分明呈现。观照，是人性的原则，我们在其他事物身上总能实现某种自我参照。奇思妙想在寂寞的时刻扣响思妇的心门，依图而思，按图而写，一首《圈儿词》就这样诞生了。圈儿是圆合圆满的象征，也是一种围困的象征，话语的边际是广阔的，而心，却因为思念而聚焦，是空间的局限、时间的失控。时代没有给闺中人的心安排任何其他的出口，围困的聚焦才会导致"欲寄无从寄"的结果。于是，她只有继续赋予新意象以旧寓意，有成双成对自然有孤苦伶仃，有圆满团聚自然有残破别离。我不知道，她是否在一次随意的创作中看到了命运突围的困境，看似别具一格，但历史的局限性依然让她回到了那个被划定的圈子。

想到这里，我突然明白她的词集为什么要叫作《断肠词》了，词多悲吟，使人读之断肠。在不多的记载中，我们了解到"父母失审，不能择伉俪，乃嫁市井民家妻。一生抑郁不得志，故诗中多有忧愁怨恨之语"（魏仲恭《断肠诗集序》）这样的遗憾。不管什么时代，年轻的时候对命运总是充满幻想和期待，蓬勃的生命活力过高地预估了将来，可"明天"总是命运之手魔幻的把戏，谁也预料不到命运突然变幻出的东西。朱淑真这样才情很高的女子，当她用少女艺术的眼光打开"明天"的大门的时候，理想的婚姻并没有出现。"父母失审，不能择伉俪"，这首先就是权力的转移，而这种转移导致了更大的不确定性。终于，一个"市井小民"走入了她的生活。这对她来说，几乎是无解的。据说丈夫当了小吏，是社会中蝇营狗苟的角色，平庸而不解风情。

有过多少对未来充满幻想的少女，在现实的坚硬面前一筹莫展。我看到她的另一首词《清平乐·夏日游湖》，她写道：

> 恼烟撩露，留我须臾住。携手藕花湖上路，一霎黄梅细雨。　娇痴不怕人猜，和衣睡倒人怀。最是分携时候，归来懒傍妆台。

宋代在文化上其实是个富裕的时代，文化的富裕必然需要足够的包容度，因此，大胆率真的表达并不缺乏。比如朱淑真这首词，少女的性情得到自由的释放，"携手藕花湖上路"算得是情侣出游古今同，牵手于藕花开满的湖畔，浓情蜜意足以模糊了今昔。然后，是一霎颇为识趣的黄梅细雨，雨的到来将蠢蠢欲动的心拉得更近，古典礼教的边界在不断被突破。胆气本就是青春的特权，"娇痴不怕人猜，和衣睡倒人怀"已是旁若无人的天人境界了。"娇痴"最是得青春少女形象，娇者可爱，痴者情浓，什么也就不顾忌了，"圈儿"在那时的朱淑真心里是不存在的。怪不得后来清人吴衡照在《莲子居词话》中点评道："易安'眼波才动被人猜'，矜持得妙；淑真'娇痴不怕人猜'，放荡得很，均善于言辞。"

可谁料有趣的人遇上无趣的人呢？对古代女子而言，"不

能择伉俪"的直接后遗症就是生命活力的不断流失。于是，
"娇痴"不见了，"率真"也不见了，这些都太需要友好的文
化滋养。

减字木兰花·春怨

独行独坐。独倡独酬还独卧。伫立伤神。无奈轻
寒著摸人。　　此情谁见。泪洗残妆无一半。愁病相
仍。剔尽寒灯梦不成。

如果把《清平乐》和《减字木兰花》前后两首词关联起来
看，你便能发现婚姻是一个人命运中多么重要的元素，它决定
着命运的质地和生活的冷暖。篇首就是连续的五个"独"字，
如同命运的五把利刀用单调的方式切割了朱淑真的生活。还记
得前面的《圈儿词》吗？就是那些圈儿背后的东西渐渐压缩着
一个曾经天真浪漫少女的生存空间，没有陪伴、没有回应，
行、坐、卧还只是生活起居层面，"独倡独酬"则是精神生
活的向隅。《圈儿词》曾写出，无数的相思曾表达，但"市井
小吏"怎么会又怎么有能力回应她呢？曾在偶然间读到一篇文
章，此中有一段话最宜说朱淑真这类女子的困境，他说："越
是丰盈的灵魂，往往越能敏锐地意识到残缺（包括主体自我的
残缺、外我世界的残缺，以及自我与世界之间联系的残缺），

有越强烈的孤独感，而'孤独是一颗值得理解的心灵寻求理解而不可得'。"（郭淼《庖丁解牛妙世故，监市履狶知民心——从《庄子》内七篇看人与人的共存之"道"》）

读罢，不觉感慨，道得此语，便是体贴人说体贴话。丰盈与敏锐真乃福兮祸兮？有所洞见而又无力、有所期待而又无可为，就只剩下彷徨无地了。最后只有断肠人写《断肠词》，读之令人断肠。

我们所知道的是，那些有趣的圈儿画着画着就成了斩不断的枷锁，有趣的灵魂难免撞上冷硬的孤独冷漠。我们所知的是，"娇痴不怕人猜"的那个女子最终竟然投湖而死。

诗乃我神明

　　毛媞，不是靠某种传奇故事进入历史的，她作为明清之际闺秀社团"蕉园七子"之一，被列入职业作家的行列。她或者她们，开始通过精神的攀爬寻找不朽的通道。

　　传统社会中女性写作，不必像男性一样兜售自己的才华和名望，这反而让她们的追求更纯粹，表达更真实。但是，我们要知道，表达并不意味着精神上的自觉或者个人价值厘定上的明晰，中国自古而今都不乏才女，也不乏女性写作者，她们仿佛暗夜中的萤火之光，微弱且短暂，才智上的自我照亮并不能在更大的社会团体中带来广泛的意义。

　　如何在一种惯常的文化中证明个体的存在，超越社会习俗或权力意志划定的疆域，通过精神追求来自取身份是女性寻找自我价值的重要途径。

　　为什么毛媞是值得关注的女性？她可以让我们从传统女性"苦大仇深"的固有印象中脱离出来，去发现在理想化的父系家庭时代，女性也可以通过智识、学问和技艺的自足找到自我认同的途径。

题目中的"诗乃我神明"即是出自毛媞的惊天之语。《诗话》云："安芳刻苦吟诗，积稿盈帙。时年逾三十，未有子。尝执其诗卷曰：此我之神明所寄，即我子也。殁年四十，终无子。"也有资料说，"安芳幼承庭训，刻苦吟诗，年老无子"。她曾参加了一个女性聚会，她的小姑送给她一味中药"宜男草"，相信它能助其怀上男儿，并建议说："嫂咏此以迎祥乎。"但安芳"尝自持其诗卷"，而对好心但是误入歧途的亲戚说："诗乃我神明，为之即我子矣。"

很有趣的两个信息被并列到了一起，"子"与"诗"，一个是指向生育传承，一个是指向文学创作。如你所知的，古典女性在父系家庭时代主要承担的自然是生儿育女的责任，她们在性别权力的分配中被安置在极致发挥生物功能的位置上，并通过生育去传承男性血统。今天我们查找毛媞的信息，能够看到她与丈夫徐邺合刻的《静好集》，在这个集子的序言中，她的父亲毛先舒回顾了这样一段经历：

余好诗，媞十余岁，即从余问诗，余麾之曰："此非汝事。"媞退仍窃取古诗观之。

毛先舒是明末清初文学家，"西泠十子"之一，他的诗歌有"建安七子"余风。然而，在上面那段序言中，作为父亲的他面对女儿"问诗"的行为依然不假思索地认为"此非汝事"，这是十分典型的儒家性别体系特征，"女子无才便是德"的逻辑企图建立绝对两分的社会性别关系，即便是成就很突出的传统男性作家，在这一点上依然保持着这种文化默契。

可是，社会从来不是机械运转的，也不是理想化社会关系的完美呈现，女性也不能完全被边缘化到文学之外，毛媞"退仍窃取古诗观之"就是明证。我们看到，总有女性主动为自己开辟独特的生存空间，在这个空间里她们通过语言触摸更广阔的精神世界。谁说生儿育女是女性的全部意义呢？文学创作带来大量的意义、安慰和尊严，自我身份的重新审视和创建是必然遭遇的命题。

"子"与"诗"，如果按照传统的理想化二分模式，一个女性三四十岁还不能为家族生儿育女，那么她在家族中的存在价值是岌岌可危的，这也是今天我们思考刘兰芝和唐婉被遗弃命题时总会归因于她们不能生子一样。毛媞恐怕同样会面临这样的价值困境，上述材料中的小姑恐怕就是传递家族焦虑的角色，她忧心忡忡地关心着自己的嫂子，希望用"宜男草"这样的神秘事物来重塑毛媞生儿育女的女性价值。孰料，从小在诗歌中涵养智识的毛媞竟然堂而皇之地提出了"诗乃我神明，为之即我子矣"这样的大逆之语。她将生物意义上的儿子与诗歌创作混同起来，这本是不可等同的概念，但"为之即我子矣"依然清晰地表明，一个女性重塑了自己的价值，也赋予了自己另一种身份，这种身份是在"母亲"这个身份之外的，因为此"子"非子；但同时也是在"母亲"这个身份之内，因为对一个爱好创作的人来说，此"子"亦子。

正如《红楼梦》当中的薛宝钗，本有很好的诗性，却总是克制着自己的表达，过着用冷香丸自冷的人生。也许，用今天的文学眼光去审视毛媞的创作未必就能将她放入伟大诗人的行列，但通过她我们可以看到女性自赋身份的勇气、努力与热烈，这比很多脸谱化的被支配的生命更有魅力。

第五辑

欲望的邀约

狐妖，异性与异形

妖精文化在中国有着奇妙的演变过程，从对自然力量的神奇想象和无端敬畏，到扰乱人间伦常秩序的妖媚形象，这中间遵循着怎样的心理轨迹，很值得思考。

在今天的影视剧中，点唇描眉、搔首弄姿的狐妖是妖精的典型，她们在男人打下的铁桶江山里是一种美丽又危险的存在，只消通过神奇的身体语言就可以从内部击穿男性世界的所有防备。这种力量来自哪里？狐妖何以与人间女性建立起不可分割的联系？我们还得从苏妲己说起。

苏妲己为人所熟知是源于明代许仲琳编辑的小说《封神演义》，但在历史上确有其人，妲为名，己为姓，是纣王帝辛讨伐有苏氏方国得来的一位美女。妲己为何与狐妖关联起来的呢？《封神演义》中的演说是这样的，话说纣王在女娲娘娘圣诞之辰驾临女娲宫降香，不料风卷幔帐，现出女娲圣像。纣王见其"容貌端丽，瑞彩翩跹，国色天姿，婉然如生"，不觉"神魂飘荡，陡起淫心"。于是在女娲宫墙壁上写下了一首猥亵诗：

> 凤鸾宝帐景非常，尽是泥金巧样妆。曲曲远山飞翠色，翩翩舞袖映霞裳。梨花带雨争娇艳，芍药笼烟骋媚妆。但得妖娆能举动，取回长乐侍君王。

当女娲娘娘"下得青鸾，坐于宝殿"，见粉墙上这首大不敬的诗歌，大怒之下认为商朝气数已尽，于是招来轩辕坟中千年狐狸精、九头雉鸡精和玉石琵琶精三只妖怪，命她们"隐其妖形，托身宫院，惑乱君心；俟武王伐纣，以助成功，不可残害众生。事成之后，使你等亦成正果"。而其中的操作模式就是由妖精或幻化或附身为人间女子，用绝世姿容将一个走在歧路的男子引向毁灭。

从这些演说中可以看出，狐妖的主要作用便是"祸乱君心"，也就是用妖媚的形态消磨一个君王的理智世界。虽然司马迁在《史记·殷本纪》中评价纣王是"资辨捷疾，闻见甚敏"，但在妖媚的女性面前终究抵不过一个"淫"字。当然，该书诞生于明朝，此间的道德训诫意味已相当浓厚。但同时，我们也发现当中更深层的伦理逻辑，苏妲己作为普通的人间女性在文学性作品中已经与狐妖结合，这意味着狐妖被女性化和女性被妖魔化的二合一的文化逻辑已然根深蒂固。道德警示的意图就在告诫那些淫心大发的男性，妖魔化的女性美则美矣，但对男性的秩序世界有着毁灭性的力量。

其实，狐妖的最初形象并不如此。"青丘之山，有兽焉，其状如狐而九尾，其音如婴儿，食者不蛊。"这是《山海经》中关于九尾狐的记载，人吃其肉可百毒不侵，与女性还没有扯上任何关系。而且晋代郭璞注《山海经·大荒东经》时还说九尾狐是"太平则出而为瑞"，是把狐狸当作一种瑞兽的。到了《吕氏春秋》，狐狸与女性开始发生联系，说大禹忙于治水，三十还未娶妻，有九尾狐狸为其介绍涂山氏，也有说此涂山氏便是九尾狐所化。所谓圣人之妻必贤，狐妖的形象还停留在神圣的所在。

魏晋时期，玄学兴起，侈谈鬼神、称道灵异的志怪小说兴起，狐妖化身为女人的说法也就流行起来。东晋的史学家干宝《搜神记》卷十二载："千岁之狐，起为美女。"明确了狐狸的女性化特征，以美女形象惑人的"狐狸精"开始广泛出现在文学作品中。东晋王嘉的志怪小说集《拾遗记》则说："狐者，先古之淫妇也，其名曰阿紫，化而为狐，故其怪多自称阿紫。"已经直接将淫妇与狐狸对应起来。

在这样的脉络中我们似乎可以看出，狐狸文化属性的变迁实则是社会女性观的变迁。在文明发展至儒家独尊的时期，三从四德作为正向约束的道德规范，本质上维系的是男尊女卑的两性秩序。然而，人性是复杂的，有着充满悖论的心理与情感机制。一方面，男性需要女性三从四德，用苛刻的道德要求压抑女性（其实也是男性的自我压抑），背后无非就是容色即祸端的逻辑，也就是"一顾倾人城，再顾倾人国"的异性戒备。

可是，换个角度看，一种流行的文明形态中必然存在某种逆向期待，异性的吸引力有很大一部分来自异性的存在，这些狐妖虽然以女子的形象出现，但他们不受礼俗约束，是超越的，是尽情释放异性魅力的，与文化范畴里的女性相比，她们更多表征为同质文化里的异形存在。因此，狐妖的反复书写，包括今天影视剧中的反复塑造，本质上依然映射着男性某种"常与失常"的异性期待。自古而今，我们如果称一个女人为妖精，其实是对某种异性破坏力量的戒备，因为这种力量是不循常规的，这个"妖精"只需要动用某种身体优势就可以轻松解除婚姻的契约或道德的约束。

罪责，虽然与男性脱不了干系，但审判者威严的目光始终死死注视着"妖精"们。女娲想要推翻帝辛的统治，于是召来九尾狐，告诉她帝辛昏庸无度，派她去迷惑帝辛，把商汤搞乱。

然而，商纣灭亡之后，女娲却说："吾使你断送殷受天下，原是合上天气数；岂意你无端造业，残贼生灵，屠毒忠烈，惨恶异常，大拂上天好生之仁。今日你罪恶贯盈，理宜正法。"《封神演义》里的这番演绎，将狐妖（女性）置于两难境地，借女娲之口道出了她们落入左右不是的道德陷阱的事实，面对男性既贪恋女色又要维护传统秩序、既为一己私欲而无恶不作又要占据道德高地的隐秘心思，"妖精"就是那最好的"背锅侠"。

以另一种方式复苏的生命

　　"欲望是一种情感结构，固定在某种特定的形式上，不是在目光里，就是在心灵深处。" 这是美国汉学家宇文所安分析中国诗歌时的说道。如其所言，欲望存在的两个地方，常被语言和行为掩盖、置换甚至篡改，这是文化属性所致。而要剥离这些附属的枝蔓，往往需要细致的观照和同情的心灵。事实告诉我们，那些目光里的躲闪的欲望，心灵深处的潜伏着的欲望，总在等待时机，像匍匐于灌木丛后渴望又警惕的野兽的眼，它暗示着那种跃动而出的姿势总会如期到来。

　　这只潜伏的兽终于跃出束缚的藩篱，获得过分的恣意纵情的是秦始皇的生母赵姬。这个面貌模糊的女子在历史叙事中以"淫后"之名占据反面教材那不可磨灭的一角。

　　今天我们看《史记·秦始皇本纪》，赵姬其实是一个无足轻重的存在，在秦始皇一页一页的履历和丰功伟业中，她被淡化得如同遗落在一本古籍里的发丝，能触人联想，也可能被读者弹指一挥间驱逐出阅读的视野。"庄襄王为秦质子于赵，见吕不韦姬，悦而取之，生始皇。"这是典型的正史笔法，在男性事功伟岸的背景里，一个来路和形象都可疑的女子向来是笔下不好说、不愿说、不可说的部分。"悦而取之"是粗暴的动作，还是粗暴的叙事我们尽可评说，但当我们抽离始皇帝的千古功业，在一笔带过的地方稍作停留，她竟然也有某种朦胧的诱惑力，一个"悦"字足以说明她身上与生俱来的招引的力量，让子楚这个身份尴尬的秦国质子的荷尔蒙冲动在此毫无理性地爆发了。

关于她的叙说，不适合放在光芒太盛的人物那里，在那些男性光芒充斥的地方，她连做个影子都不配，就连嫪毐都比她享有更多正式的笔墨。于是我们从始皇帝的功业中退出，退而求其次，看向那些生命中有太多薄弱环节的人们。她模糊的身影是否就此变得清晰起来呢？《史记·吕不韦列传》说的是"吕不韦取邯郸诸姬绝好善舞者与居"，司马光的《资治通鉴》干脆就两个字"绝美"。依然是笔墨寥寥，不过好歹在姿貌和才艺上都有了想象的方向，也为秦庄襄王"悦而取之"的简单粗暴做出了一些支撑。

可也有草率的地方。史家的叙事中一会儿说她是"邯郸诸姬绝好善舞者"，一会儿又说"子楚夫人赵豪家女也"。这两种说法，前者似有风尘气，后者又身出名门。其实，她到底来自何处、身份如何都不重要，她在成为王后与太后前都只是用来解释历史疑点的材料，尽管这会让她本身就成为疑点。

如上分析，终于告诉我们的是，我们看不见她的眼，更探索不了她的心。她的存在能拥有什么快乐呢？

古典时代的女子常常是互为侧面的，她们命运的轨迹不同，但命运的动机有时候却惊人地相似。"绝好善舞"或"绝美"都不是一个女性的终身信托，因为女性的年长色衰与男性的情随事迁是历史写给一代代男人的密信，他们不动声色地学习和传承，把无数的女性塑造成悲哀的角色。当女性明白了这种不可靠后，目光自然就转向了自己的子嗣，血脉是唯一可托身以待的资本。吕不韦就是这样劝说华阳夫人的：

　　不韦因使其姊说夫人曰："吾闻之，以色事人者，色衰而爱弛。今夫人事太子，甚爱而无子，不以此时蚤自结于诸子中贤孝者，举立以为适而子之，夫在则重尊，夫百岁之后，所子者为王，终不失势，此所谓一言而万世之利也。不以繁华时树本，即色衰爱弛后，虽欲开一语，尚可得乎？"（《史记·吕不韦列传》）

吕不韦用商人的眼光预设了一个女性未来最可靠的收益，在华阳夫人那里是如此，在赵姬那里又何尝不是？

　　情感的愉悦常常是无法得到满足的，而自己的儿子走向权力顶峰的某种可能性却可以填补女性情感生活里的巨大空白。我们可以大胆猜测，吕不韦给赵姬讲述过同样的道理，小嬴政必然是赵姬一段很漫长时光里的全部信心。吕不韦和子楚很快就离开她回到秦国，历史的视野也随大人物而去。赵姬和自己的儿子在赵国有过怎样的艰难岁月，今天的我们已很难真切体会，"秦王为人，蜂准，长目，挚鸟膺，豺声"的记载就是嬴政少年时代营养不良的生命表征。不管怎样，赵姬和嬴政都走过了那段被遗忘的岁月，那时的嬴政必然是她强大的念力，是苟且岁月里犹有期待的星火。

　　像华阳夫人、赵姬那样的理想，也许很多妇女都不曾等到梦想成真的时刻，只是期待一直在，克制和隐忍就一直在。可是谁曾像赵姬一样，自己的儿子会成长为千古一帝，这个愿望不仅实现了，而且盛大得足以惊艳整个历史。一个蓄积了很多年的理想与愿景，由于心力投入太多，突然有一天实现了，它造成的不仅是惊喜还有巨大的生命眩晕，那种突然而来的松弛感和心理空洞需要某种填补才能焕发一个人新的活力。

　　强势帝王面前，妇女的权力欲无法成为可能，一个并不衰老的女性幸福何在成为不得不面对的问题。"淫后"是赵姬为自己赢得的历史符号，不管她是否主观自觉，儿子的成功使母亲的成功被赋予深远意义，重新获取身体的愉悦也必然成为可能。一个健康的生命心愿一了，欲望的复苏就成为必然，这股洪荒之力将给那些野史的作者们提供超出想象的素材。

永在的狂想与追求

　　最令古人好奇的或许就是人自身那莫名的情感生发了。突如其来的满心欢喜，因一点眉目、一个侧影、一瞬的余光就如秋风过境，要染红一个人的万里江山了。那感觉仿佛是被天地间某种神秘力量所策动，是人性的本源，粗野而淳朴，不经雕饰的冲动有浑厚的力量。我想，即使到了今天，我们依然可以听到人们对情动于心时的那种不由自主和神秘不解力量的含糊表达：在爱情山崩之时，理智完全丧失，举止失措却带有欢喜的慌张。

　　凡神秘的东西皆是导引的火药，尤其是关于情欲的探索，它会在人性秘府的哪一处炸开，古人和今人一直在不断求解和求证。先民的情欲解释，很多时候是从山水神灵中寻找导师。传于典籍的此类山水神灵，首先想到的是洛神。

　　洛神又称洛神宓妃，是上古大神伏羲的小女儿。由于在洛水游泳时溺水而死，后来转型为主管洛水的水神。最初，洛神在中国的文化信号里主要传递着有关美艳的消息，并因此煽动了文人墨客最初的爱情想象。

浪漫主义的鼻祖屈原就这样引起了我们的关注。这个遥远而浪漫名字，总是象征着无数的精神符号并时刻闪耀光芒。当他在其传世名作《离骚》中诉说自己由政治美梦破灭带来的失落时，顺道通过浪漫主义者特有的心灵空间，展开了对洛水女神的狂想和追求。

在这篇不到三千字的名篇中，屈原这样叙述自己的求爱经历：

> 吾令丰隆乘云兮，求宓妃之所在。解佩纕以结言兮，吾令蹇修以为理。纷总总其离合兮，忽纬繣其难迁。夕归次于穷石兮，朝濯发乎洧盘。保厥美以骄傲兮，日康娱以淫游。虽信美而无礼兮，来违弃而改求。

屈原在美艳的洛神面前，谦恭地解下兰佩，并求助蹇修作自己的媒人以向洛神示爱，而洛神在最初的若即若离后又突然断然拒绝。这种看似的"即"往往是美丽本身所释放的错觉，追求者们总以为这是一种可以得逞的招引，殊不知都是有心者的多心而已。当那种错觉被 "拒绝"验证，吟唱痛苦的诗语就此诞生。今天，我们可以想象屈原内心的失望，情动于心还未发之于外便遭夭折，这对一个浪漫而脆弱的文人来说无疑是巨大的打击。于是屈原天真地发起了牢骚，他说，洛神在傍晚回到穷石那个地方过夜，早晨在洧盘水边汲水洗发，只图守护自己的美貌而自我满足，日日沉溺于四处游玩，可见这是个虽然美丽却不懂礼节的神女。一气之下，屈原说，算了吧，我去追求别人了。这种发气式的威胁又可笑又无力，因为人性的密码里有愈挫愈勇的本源之力，牢骚只是天真可爱的脾气罢了。

神女的永恒与永在保证了想象力的持续与饱满。由于屈原求爱行动的失败，后来的文人就聪明了许多，转而对那些可望而不可即的对象进行单纯的又更加细致的想象与描摹。优秀的文人们开始企图通过高超的写作技艺，用极致的汉语文字把女神的美丽记录下来。于是，读书人在精神层面上展开了对女性美丽的大面积书面保存。功不可没的就是魏晋诗人曹植。

《洛神赋》被南朝文学批评家钟嵘给予了非同一般的评价，说此文"骨气奇高，词采华茂，情兼雅怨，体被文质，粲溢今古，卓尔不群，嗟呼！"（《诗品》）文章好到让人望尘莫及，让人嗟叹。在华茂的词采之下，洛神形象第一次清晰地呈现在大家面前：她的外貌"翩若惊鸿，婉若游龙"，远看如朝霞初升，近观如芙蓉出水，体态婉转，又有瘦削的双肩，婉约的细腰，还有丹唇、明眸、皓齿、蛾眉……曹植在她身上几乎堆砌了一切赞美女人的语词。终于，这个在屈原那里游踪不定的女神，被曹植用美妙的形容词所挽留。

段成式的《酉阳杂组》前集卷十四有载一妒妇津，相传言晋泰始中，刘伯玉好读《洛神赋》，常于妻前诵《洛神赋》，语其妻曰："娶妇得如此，吾无憾矣。"其妻段氏，性妒忌，曰："君何得以水神美而欲轻我？吾死，何愁不为水神。"其夜乃自沉而死。此虽传奇小说言，一者可见读书人对美女的想象和渴求，亦可见美女能使天下女人生妒心。

爱美之心人皆有之，追求之心也人皆有之，曹植自然也想收获女神的芳心。按曹植的性格，他的心中没有如屈原般的愤怒，而多了文人的失落、无奈与忐忑。这或许暗示着人们在爱情面前必将遭遇的一些心理考验。

赶赴一场美的盛宴

卓文君对今天的人来说，因时间久远而美似大海星辰，是遥不可及而生就的丰满想象；又因其故事细节偏又在烟火红尘，演绎着真实人间的情爱现场。

这个大胆的女性大概有两个最快乐的时刻。其一是相如琴挑时的悸动，其二是当垆酤酒时的美性生活。

《史记·司马相如列传》如是记载：

> 酒酣，临邛令前奏琴曰："窃闻长卿好之，愿以自娱。"相如辞谢，为鼓一再行。是时卓王孙有女文君新寡，好音，故相如缪与令相重，而以琴心挑之。相如之临邛，从车骑，雍容闲雅甚都；及饮卓氏，弄琴，文君窃从户窥之，心悦而好之，恐不得当也。既罢，相如乃使人重赐文君侍者通殷勤。文君夜亡奔相如，相如乃与驰归成都。

一个年轻的女子"新寡"，命运悲剧性的暗示足以荡平所有的青春活力，也暗淡了几乎所有的美好设想和期待。只有当司马相如出场，命运晦涩的轨迹才出现转机。司马迁的叙述是严谨的，或者说是合乎某种生活的机巧的，只有巧合才有故事。"好音"首先赋予卓文君美好皮囊下的某种内美性，这中爱好使生活或故事艺术化成为可能。巧的是"长卿好之"，这是两个陌生的人相契合的先机，更重要的是相如还是个"雍容闲雅甚都"的人，"都"是什么意思？《诗经·山有扶苏》早就有"山有扶苏，隰有荷华。不见子都，乃见狂且"这样对美丽男子的赞美，也就是说司马相如是一个内外皆美的人。

肉身与灵魂的条件都具备了，也难怪新寡的卓文君"心悦而好之"。这里有个细节不可放过，"文君窃从户窥之"，为什么要"窥"呢？相如琴挑只是一种精神或审美上的邀请，而"窥"字则是心理期待上的落实。内外都美还犹豫什么？这种心里的喜欢，连"恐"都是喜欢的极致化现象。

如果说文君私奔有着太多浪漫的想象，是许多古人生活极度压抑之下的逆向爆发，那么生活的真实转向在于不得不接受日子本身的平淡与艰难。"文君久之不乐"反映的是这个女子在贫寒、平静以及平淡日子里的某种不安。一个有着强烈生活渴望的人绝不会就此甘心，于是临邛卖酒的事情发生了。

> 相如与俱之临邛，尽卖其车骑，买一酒舍酤酒，
> 而令文君当垆。相如身自着犊鼻裈，与保庸杂作，涤
> 器于市中。

这种酤酒涤器的市井生活有多少生活的本相呢？至少这个故事在千载流传中早已褪去谋生谋食的苟且。我们知道，有些生活现场是谋生的，有些生活现场是艺术的，这正如同陶渊明的东篱把酒与郭橐驼的种树为业是两样生活。这当垆酤酒的是无双美妇，不知曾勾起了多少文人雅士的畅想与诗情，韦庄《菩萨蛮》甚至让我们眼见了——垆边人似月，皓腕凝霜雪。多么具体的想象！沈从文用的一个词最为恰切——"白脸长身"，一个女性外在之美最重要的两个条件都在了。"月"是整体的感受，"皓腕"是毫末的聚焦，酤酒的人哪里是来酤酒的呢？简直就像赶赴一场美的盛宴。还有那个"涤器"的人，胸有不世之材，哪里又会认真涤器呢？玄机暗藏处是才子佳人共建的一幅似真似幻的、别有意味的神仙眷侣图。

最后要说的是，灵魂在高处，生活在低处。这种低，要么成苟且，要么成浪漫。才子佳人的世俗意图，低开高走，传奇性使琐碎添彩。

容色的邀请

倾城倾国，是极致的赞美，也是危险的信号。容色的邀请里有着强大的诱惑力，同时又有着倾城覆国的危险，在这种矛盾面前，心怀惕怵的告诫一直不觉于耳，但心怀侥幸的觊觎也从未断绝。江山在手，美人在怀，享齐人之福恐怕是每个帝王都有的野心。

在汉武帝的生命里，美色不断迭代，风险也不断被评估，政治波澜的背后，美色隐伏的危险不断潜入，不断被化解，但从未禁绝。真应了那句话，难在去欲耳。

李夫人就是这美色当中的一员，没有任何深度解读的必要，她的存在就是美的存在，不问出身、不谈品性，康德的审美无目的的合目的性正合此人，一见，便是审美的愉悦，是眼中的，也是心上的。美好的事物，包括人，形式、线条、结构诸多的和谐，能迅速破解一个人漏洞百出的道德防御，在这里，美就是一切合理性。

一个词语，就是为她而生。一首诗歌，就是因她而传唱。

　　李延年的歌唱是否本就别有企图我们不得而知，但可以确定的是，他对自己妹妹的容色相当自信。"北方有佳人，绝世而独立，一顾倾人城，再顾倾人国。宁不知倾城与倾国，佳人难再得！"在这首歌词中，前半部分极力在确立的一件事就是佳人的唯一性，"绝世而独立"隐喻着美色资源的稀缺，一旦拥有极致容貌就拉开了与庸脂俗粉的距离，要站在美色的高处去体验骄傲而幸福的孤独感了。我们还知道，稀缺性最能勾动人的占有欲，占有稀缺性资源往往是力量的最显性说明，正如武侠世界里的一把好剑、一本秘籍，一个具有唯一性的美色足够煽动汉武帝这个强势的帝王。他已经不必在意李延年是否刻意了，他深度会意眼下那些凡夫俗子的意图，看透而不惧怕，陷阱或牢笼失去意义，这本就是绝对性力量的胜利。

　　占有稀缺性的东西，是帝王们的一致爱好。有两件事有着惊人的相似度。李延年载歌载舞地夸饰渲染感动了、吸引了在场所有人，于是武帝叹息曰："善！世岂有此人乎？"他首先想的不是美色的危险性，而是有如此美色却不能拥有的遗憾。另一件事，则是关于司马相如的。《史记》上说："上读子虚赋而善之，曰：'朕独不得与此人同时哉！'"一个有绝世才华的人如果不能活在自己开创的盛世也是一件憾事。才子与佳人都入帝王彀中，一者润色江山，一者着色生命，两种欲望满足支撑了无数的帝王将相。

那么容色绝世者本人呢？当她窥镜自视，心中荡漾着怎样的心思？

> 初，李夫人病笃，上自临候之，夫人蒙被谢曰："妾久寝病，形貌毁坏，不可以见帝。愿以王及兄弟为托。"上曰："夫人病甚，殆将不起，一见我属托王及兄弟，岂不快哉？"夫人曰："妇人貌不修饰，不见君父。妾不敢以燕婿见帝。"（《汉书·外戚传》）

在上面引文中我们将看到一个美人的侧面。李夫人早逝，似乎又是红颜薄命的奇怪命数。在她生病的时候，武帝亲自前来看望，本是无比荣宠的事情，但是这个以美丽闻名的女子竟拒绝与武帝照面。她以被覆面，拒绝了武帝的亲近。她给出了自己的解释，"妾久寝病，形貌毁坏"，"妇人貌不修饰，不见君父"，看似是封建礼教的深度约束，是侍奉君父应有的谨慎态度，但这些话语真实目的在于隐藏自己的恐惧心理。美貌是上天的赐予，但上天从不会承诺它的保质期，或年长色衰，或疾病摧折，美貌如同沙漏中的沙子般一刻不停地流逝，这是每一个美貌与骄傲的女子背后的恐惧，好像攥在手中的宝物已被某个高明的盗贼相中，抓的再紧也是心知徒劳的无可奈何。

一个女性对美丽容色的拥有，毋庸置疑，它是一份自得其乐的快感，我相信那些美丽可爱的女性都曾在镜子前反复端详中滋生勃勃信心。但仅有容貌之美，而无内在品质，这样的美虽可贵却易碎，保持容貌唯一的办法是什么？那便是让自己的美丽容貌留在一个人的记忆中，留在他的想象中和牵挂中。李夫人知道，一旦掀开那层薄被，就如同掀开了接下来丑陋的命运，纵使被武帝同情和怜悯，但容貌消隐的遗憾和失落会让帝王的占有欲受挫，这意味着过去美好的占有和被占有迟早会尴尬收场。

最后，这一点美丽的距离终于收到了预期的效果。在必然的死亡降临后，在绝世美貌的地位迅速被人替代后，李夫人依旧持续拥有着帝王的心。"上思念李夫人不已，方士齐人少翁言能致其神。"帝王对美色的渴求是不断的，即使这份美色已被上天收回，他依然希望以某种方式延续这种拥有。这时，皮相之美开始呈现一种神秘的幻象，可远观，可怅惘，但不可触摸和拥有，"又不得就视，上愈益相思悲感"。这时，我们不得不佩服李夫人当初以被覆面的拒绝，她深谙形式之美的玄机，将形式之美封印于帝王的内心和脑海，不仅实现了对肉身之美的超越，也换来了整个家族的福泽绵延。

油壁车里的诗意空间

人们对古老歌谣或逸事的持续兴趣，多数时候是由于对美感的迷恋。这是一种很奇妙的感觉，时空阻隔，人事缈杳，但我们依然会通过只言片语去找寻散落在历史碎片里的美好，仿佛是今人遗失了心爱之物，只不过失落之地不在周遭，而在远古。

南朝时候的油壁车大约只是一种极不起眼的交通工具，这东西之所以勾起了不少人的情思多半是因为苏小小，即使隔着四围的垂垂幔幕，心里那饱满的热情也会因人而发，诗句、传闻、美丽的女性以及这些要素包含的种种可能性，让驻足的人从古代一直排到今天。

《乐府诗集·广题》记载："苏小小，钱塘名倡也。盖南齐时人。"倡，是以艺娱人的，文人雅客趋之若鹜未必是寻常情爱的生死相托，艳名满足男性的声色期待，诗名则为放纵情怀提供了回音，这两者都给予了相当的精神获取，却没有任何的道德负担和生活压力。苏小小是聪明的女性，这或许跟她出身钱塘富商之家有关，耳濡目染的商贾之道早就让她看穿了善打小算盘又断价良久的卫道士心理。

在诸多的逸事里，官员孟浪的出现上扬了一种古典女性所稀缺的性格。据说上江观察使孟浪来到钱塘，听闻当地许多人以和苏小小对坐清谈为荣，于是三番五次地差人催请苏小小来见。在多次拒绝后，苏小小虽心有不愿，到底还是赴约了。在男人的游戏规则里，骄傲是最外层的遮羞布，屡次受挫的官僚自然要耍耍自己的威风，他指庭梅为题，要苏小小即兴赋诗一首。殊不知苏小小信口吟出："梅花虽傲骨，怎敢敌春寒？若更分红白，还须青眼看！"

倘若是一个深处闺阁的女子，面对阶级落差巨大的官僚发难难免寸心大乱。但苏小小看得明白，"梅花"自喻，家世衰落的女子敢明晃晃亮出一身傲骨，"春寒"喻孟浪威风，聪明地甚至有些玩笑式地表明了自己练达的人情世故。但旨归不在这里，在诗歌的文字里，气韵的流动或明或暗，善读者要把握情绪的波动。如果说前两句或许只是场面应酬，而后两句则仿佛看到了芳容微怒，顺势而出的是一丝风骨与傲气。红白二色，虽分明不可轻看，这不是能不能辨识的问题，而是要不要辨识的问题，在男性世界里，女性的态度是最易被忽略的东西。"还须青眼看"是苏小小在男性力量面前拿回的权力和尊严，"还须"是不卑不亢的要求，孟浪给不给或做不做得到都不重要，重要的是苏小小的性格自觉。我们知道，阮籍善作"青白眼"，他是竹林七贤之一，颜色的变化是态度的变化，白眼是对抗的姿态，青眼则意味着尊重与接纳。苏小小要求的"青眼看"，不仅回应了孟浪的以势轻人，更张扬了自己的生命自信与人格自信。

在古典文学的书写中，苏小小是个很奇特的现象。中国的青楼文化里，从来不乏姿色超群者、诗艺杰出者，那些女性在文人们的诗歌版图里锦上添花，虽然也璀璨一时，却无不在众多薄幸郎们离开后陷入生命的虚空和自我价值的迷途。但苏小小却别具一格，白居易要颂她、李贺要祭她、徐渭要缅怀她，众多不朽的诗笔总是不约而同地为这个小小的女性留下一点笔墨，让她在钱塘胜色、西泠烟柳中不仅以色艺出众，更因态度而不朽。

我们要知道的是，带有悲剧性质的人生，并不意味着生命姿态的放低。苏小小的两次爱情，一见倾心的阮郁，一别两宽的鲍仁，虽然都有悲哀的底色，但同榻而眠的美人礼遇、资助情郎应考的传奇故事都在传递着这个失去怙恃的女子对美好生活的渴望。扑向烈火而并不焚身，方是智者的态度。

《同心歌》曰："妾乘油壁车，郎跨青骢马。何处结同心，西陵松柏下。"后来每一个骑着青骢马的有情郎，在嗒嗒的马蹄声里，无不失神于西湖秀丽山水里的那一辆油壁香车，他们想要结识一位有美貌、有故事、有态度、有热情、有丰厚灵魂的同心人。

青琐记

　　韩寿美姿容，贾充辟以为掾。充每聚会，贾女
于青琐中看，见寿，说之，恒怀存想，发于吟咏。
（《世说新语·惑溺》）

　　韩寿偷香的故事常为后人所喜于说道，原因莫过于格子里
的"出格"，多少都带给人们些隐隐的快感和新奇。但少有人
关注这个故事里的一个意象——青琐。所谓青琐，指镂刻有连
琐图案的窗棂。这青色的窗格子仿佛是古典世界里的一个隐
喻，它隔开了青春的男女世界，却又留下一些个格子互通青春
的消息，得以生长暧昧与爱情，也蓬勃了春情与春色。道学家
似乎在这"青琐"中设下了男女之大防，却像"礼"的防线，
总是充满了漏洞。

　　中国很多青春的故事就这样在窗子之间酝酿着、发生着、
延续着。外面的世界与里面的世界，对窗子内外的人来说都是
谜一样的存在，但这谜一定不是无解的，难解而又有解就让人

有了解的兴致和冲动，格子世界里的人生就有了色彩。

从生命本质来讲，停滞的生活唤不起美的感情，深居的少女在厌倦、无聊、惶惑的青春躁动里等待封建家长的召唤和安排。要想在美好的年华里破解虚无，需要寻求变化。

窗子，为禁足的少女们提供了变化的可能。

"充每聚会"其实展现的是男性活动的世界，他们广阔的社交生活相较于闺阁来说本就充满诱惑力，更何况有魅力的男性在这样的场合中出现，它激活的就不仅是对外面世界的好奇心，还满足了适龄少女对异性的全部想象。所以，"恒怀存想，发于吟咏"。让我们看到了窥探窗子之外的世界所引起的深远的影响，空虚的日子就此起了变化，因为某种欣赏，内心世界泛起奇妙的波澜，隐秘的快意带来迷幻的色彩，并迅速激发更深层的动力，青春的力量被窗子释放，"寿矫捷绝人，逾墙而入，家中莫知。自是充觉女盛自拂拭，说畅有异于常"。这种大胆是窗子框定世界里的一种意外，但也常常因为这份意外，她们才在女性尘封时代里于青史中留下一抹亮色。

如此看来，青琐是遥远时代里多么奇妙的设计啊，它带来可能，促成变化，激发勇气，是传统女性世界在窒息空间里一个可以呼吸到新鲜空气的通风口。

在漫长的时光中，古典世界里的"青琐"不仅定格了贵族阶层中的青春绮梦与爱情传奇，也在民间在凡夫俗妇那里挑动了生命的野望和躁动。最为人所津津乐道，却又总是裹上一层道学家眼光的莫过于潘金莲的窗子。这扇窗子在一个市井小说里扮演了破坏传统贞节的帮凶，一个命运不幸与婚姻不幸的女性，有意或无意的，启窗、探身、叉竿落、秀色延伸，惊艳了过往人群。对路人来说，那就是墙上绽开的一朵花吧。好巧不巧，这张妖娆的脸偏偏就落到了西门庆的眼里。后续的故事大家耳熟能详了，这个发生在窗口的场景打开了封建时代里多少人心底深处蠢蠢欲动的念头啊，当然也出现在多少不诚实的道貌岸然的士人口中和笔下，就连当今时代，它也成为艳情的噱头和招牌，隐隐点燃着人性本能的引信。但那个窗子对潘金莲来说，却把她带向了生命的戏剧性与传奇，避免了鲜艳如花却默默委顿的生命轨迹。

这故事，这窗子，这遮蔽又暗自张扬的传奇，其实是来自青春的力，向往美好与自适的渴望，不驯顺的姿态，有时候即便被批判着，也难掩其真实。

当然，这种真实生命渴望的泄露，在更加遥远时代是如此，在更加切近的当下亦如此。

你不妨看看《古诗十九首》里那个无名氏的诉说：

青青河畔草，郁郁园中柳。

盈盈楼上女，皎皎当窗牖。

娥娥红粉妆，纤纤出素手。

昔为倡家女，今为荡子妇。

荡子行不归，空床难独守。

"在一封古老的情书中，一片优雅体面的烟雾掩盖了欲望的强制力量以及通奸的悄声召唤。"（宇文所安语）因此，我们依旧可以把眼光聚焦于窗子，那个"窗牖"背后的空间里，被彬彬有礼所压制的、埋葬的美，是社会习惯里对正常生命形态的置换和偏离，详细的因果我们不得而知，但传统社会里女性个体幸福被理所当然地漠视和埋葬是不争的事实，即便是在那些德高望重的士人笔下也得不到真正尊重与理解，这便是文化习俗里的集体无意识。

但作为女性当事者，她们最知道内部的自己，那个自然欲望深藏的自己。所以，临窗梳妆，皓腕素手，是"荡子妇"努力挣脱既定社会关系中位置的一次小心翼翼的尝试。那扇窗子既是显露又是遮蔽，希望引诱与趋近，又希望保持距离，"空床难独守"之"难"，真实心态或许在这里。

台湾诗人罗门的《窗》或许可以借用来诠释这种无可奈何的不安的临窗瞻望：

猛力一推　双手如流

总是千山万水

总是回不来的眼睛

遥望里

你被望成千翼之鸟

弃天空而去　你已不在翅膀上

聆听里　你被听成千孔之笛

音道深如望向往昔的凝目

猛力一推　竟被反锁在

走不出去的透明里

　　不觉感慨，中国古典时代的女性不知有多少人能从青琐中逃离？即便逃离之后，又有多少人重新走入那不尽的走不出去的"透明"里？

迷离的现场

在古典的浪漫文化里，"风光"和"秀色"从春天固有的特质转变为言情叙事里的独特意象，它们会引起男性世界约定俗成的想象，并完成对美丽形象的集体塑造。同时，在这一文化语境中，女性也会不约而同地形成某种"自我塑造"，从而对男性世界形成正面的回应。如此，男性和女性真实或虚构的浪漫体验开始走进那些吟咏不绝又晦涩朦胧的爱情诗篇。

秀色可餐，美好的事物和可口的食物，画面里涌动的色彩引起人生理上的反应，食，是唇齿的触碰和咀嚼，垂涎则是欲望的夸张，它将招引和占有同时放大，并在适当的时机填补因渴望而产生的巨大空洞。

食色，性也。似乎是某种必然，我们对美好食物的欣赏总会转变为欲望和情爱的含糊表达。北宋周邦彦的《少年游》则将这种过渡、转变甚至融合巧妙地呈现于语词。

并刀如水，吴盐胜雪，纤手破新橙。锦幄初温，

兽烟不断，相对坐调笙。　　　低声问：向谁行宿？城
上已三更。马滑霜浓，不如休去，直是少人行。

　　开篇是咏物的，像是画家在作静物素描，并刀、吴盐，生
活中的什物，朴素的比喻莫过于强化了锋利和洁白的质感，艺
术感虽然也有，但不带情感，纯技巧的感觉。可是，中国诗歌
最讲究氛围感，"纤手"一出会迅速调动读者的情感，中国
的诗歌传统早就养育了中国诗歌读者们的情感素质和敏锐捕捉
能力。因为"纤手"是美人的借代意象，它不是西方文学中
的烟熏火燎的厨娘，而是诗意的、审美的、超越的美学建构，
从《古诗十九首》的"娥娥红粉妆，纤纤出素手"到宋代苏轼
《减字木兰花·荔枝》的"轻红酽白。雅称佳人纤手擘"，每
一个作为意象的"纤手"都会迅速唤醒有经验的读者丰富的想
象力。

　　周邦彦的重心在哪里？"纤手破新橙"是特写的镜头，汁
液洇漫，唇齿生津。但这是甜蜜又危险的信号，好像并刀的利
刃隐伏着嗜血的欲望。要说明的是，这里的危险不是那种对毁
灭性的畏惧，而是彼此心照不宣的互动，克制又呼之欲出，那
是危险造成的感官上的临界刺激。上片的视角应是男性无疑，
随着纤手与新橙的互动，食与色的心理互动也随着展开，锦幄
里的温度起来了，兽烟提供了甜腻的暖香，这是令人迷离舒适

的氛围。相对而坐，调筝只是克制的延续，他们惴惴不安又心怀渴望，一切遮掩都是铺垫，终将不可避免地向着应有的方向滑行。

中国人崇尚的是含蓄的文化。宇文所安曾说，在中国的文学书写中，"女子的出现通常都伴随着充满诱惑性的遮掩"。这种遮掩的艺术，与其说是羞涩，莫如说是另类的引诱。卓文君当垆酤酒，劳动的肢体动作与酒水本该是注意力的重心，但"垆边人似月，皓腕凝霜雪"所显现出的女性之美让前者的遮掩失去意义，劳作和酒都被酒客淡化甚至无视，如同"并刀"和"吴盐"一样，它们的质地和颜色终究转移不了注意力，心神早就被纤手背后隐喻的香艳世界所勾引。还有后来李清照见客来时的欲盖弥彰的遮掩，"和羞走，倚门回首，却把青梅嗅"，这种一眼就可看穿的遮掩本就不是为了遮掩，反而构成了新的美感和聚焦，一举一动都有着抓住注意力的深切动机。

看来食物或者准备食物早已不是重点，这是曲径通幽的必然过程。遮掩到试探，晦涩与欲望的联系慢慢水到渠成。

留宿，是两个人不动声色地暗示、启发与引诱的最终目的。所有的铺垫里都弥漫着爱情发酵后的隐秘的气息，彼此小心翼翼地捕捉，只为会意而非错意。互动的目的就是摆脱一厢情愿的尴尬。"低声问：向谁行宿？"谁在问呢？诗人不沾染俗气的地方就在这里。爱情或欲望的浪漫体验是男女双方亘古不变的期待，太过直接的表达会破坏这种感情的艺术。"低声问"，明白又含蓄的暗示，双方都在等待预期的答案，但表达一定不能太过显露，条件必须要充分。于是，诗人继续写道："城上已三更。马滑霜浓，不如休去，直是少人行。"这是一场耗费精力与时间的期待，食物、熏香、对坐、调笙，需要足够的耐性和饱满的期待，心急的人不适合在缓慢的节奏里拥有身心的隐秘的快感。时间已经是三更了，就是常说的子时。古人入睡的时刻通常是亥时，叫作人定。现在三更这个时刻恰到好处，时间不早了，但也不算太晚，一般人都已入睡，而还在氛围中互动的男女仍在享受寂静，倦意还没袭来，但入睡的邀约正在到来。另一个条件是夜深霜起，如果骑马离开马易打滑，这是有暖意的关心，细腻的心思提供了充分的条件。

感情的浓度到了，所有遮掩和铺垫都给最终留宿以足够的分寸和礼貌，"不如休去"真是商量着挑明意图，谁都不觉得尴尬。那一刻终于来了，但那一刻远没有此前期待、隐晦又沉溺的情感体验有艺术性，所以，关于爱情迷离现场的书写该到此结束了，意思幽微则满心欢喜。

绛云楼中的情色艺

冯友兰在《中国哲学史》中曾言："儒家论夫妇关系时，但言夫妇有别，从未言夫妇有爱。"作为一种事业型的异性合作关系，家族子嗣的绵延，伦理关系的谨守被置于非常高的位置，所以基于情感的异性亲密被视为某种危险的信号，情感似乎隐喻着情欲的泛滥，洪水猛兽势必消磨一个男性的事业型人格与社会向度。所以，我们经常看见古典世界中年轻的相爱的夫妇们总要迎接来自长辈充满戒备的眼光。

什么样的关系在隐秘地期待与生长呢？柳如是与钱谦益的婚姻实践应该是古典异性关系的别样答案。

准确来说，柳如是是家庭宗族关系的局外人，她是以风月女性的身份闯入婚姻关系的。明清时代，妓女与士人交往本属常态，但很少有人能正式走入婚姻，顶多通过身体的交易为婢、为妾，但柳如是与众不同的是她在崇祯十四年（1641）被钱谦益以正妻的礼仪娶为妻，从此开始了妓女、妻子、才女和反明斗士等多重身份的历史角色扮演。

这是很奇特的关系。柳如是嫁给钱谦益时，钱谦益的正妻陈氏尚在，这意味着非妾非婢的柳如是在传统的伦理层面是无法获得正式身份的。可是，身份的特殊性，个体的独特性，情色艺兼具的关系摆脱了古典婚姻单一的功利生育向度，开拓了夫妻相处的空间。

首先要有一所房子，空间的居有对中国人来说有着巨大的魅惑，因为在这个空间里养着身份、供着权力。钱谦益的正妻还在，妻子的权力无法让渡给一个风尘女子，那本就不是一个需要风度的文化环境。

但"情"的力量正在被发现、前置并走入艺术的藻饰。汤显祖的《牡丹亭》已经通过杜丽娘"不到园林，怎知春色如许"的春天找寻将"情的天下"与"法的天下"对立起来。思想的力量是强大的，好的和坏的都是那样具有出人意料的破坏力。钱谦益本非泛泛之辈，于是在崇祯十三年（1640）冬，钱谦益于半野堂后为柳如是筑建我闻室，作为共同居住的空间。我们无法想见那些在"法的天下"中浸淫多年的人们会投来怎样一样的眼光，也臆测不出会有多少道貌岸然之辈舔着毛笔尖写下大义凛然的忧心。但当事人是多么地愉快，"情"的实现和空间保护，让这二人的新婚之夜洋溢着超越时代的诗意，"红烛恍如花月夜""诗里芙蓉亦并头"是钱谦益不可抑制的喜悦表达。

当然，我闻室还不是正式的爱情空间，所以柳如是还有着"此去柳花如梦里，向来烟月是愁端"的不安与忧虑。"情的天下"还需要继续拓展它的空间，绛云楼就是在这个时候修建起来的，它镶嵌在钱谦益的住宅之内。有所不同的是，这所住宅承载的不是传统夫妻践行礼法的空间，而是书房、居室、开展文艺活动等交际生活的综合空间，这个空间的重要性在于既妥帖了一个风尘女性的不安，同时保证了生活诗意化的艺术性保证。是的，习见的生儿育女、相夫教子、恪守礼制的幽闭空间被打开了，柳如是在此开展了广泛的社会交际，并充分保留了自己的文人化身份特征。

在自古而今的言说中，即便柳如是"博览群籍，能诗文，间作白描花卉，秀雅绝伦"（《虞山画志》），她的故事依然因为"秦淮八艳"这样的名号平添了许多香艳的气息，这就像异性空间里欲盖弥彰的春衫，不管现实中我们将一个历史中的名妓纳入多么高贵的历史书写和严肃的学术研究范畴，性别权力分野中产生的冠名本身就意味着享有特权的占有和解读。柳如是即便凭借难得的才华与男性化的勇气闯入世俗空间，她依然会勾起人们别样的眼光和意味深长的情色想象。

但为闲谈的人们所忘记的是，无论艳羡还是批判，柳如是与钱谦益在婚姻空间上的实践性探索，绝不仅仅是一两所房子那样简单，这背后还有着不分古今的对爱与婚姻的思索：情感架构了空间的意义，美丽的容色保障了意义的延续，琴棋书画的艺术活动则允许了生活的某种超越性。这样的在礼法之外的故事，或许是一种超越时间的期待、追寻和探索。

后 记

　　在写本书的《序》的时候已经交代了我写作的最初动机，"致用"是非常实在的说法，这也是生活在这个时代最务实的活法。当然，"致用"的另外一层，其实是因为女儿，随着女儿慢慢长大，我真切感到在教养上的无力，很多道理，在复杂的世界总是经不起验证。几番思索，还是觉得唯有人能影响人。可是，这个"人"去哪里寻觅呢？现在的人，充满不确定性，真假难辨，好坏难说，最终还是从古人堆里去找，因为既定的记载与缺失，反而比当下更有确定感。自然，每个人都需要坐标，是价值观也好，是榜样也罢，再不济也需要避坑踩雷的标识。这样写了十几篇后，又和我的教书本业关联了起来，现在谈科学育人，说到底还是"以人育人"，毕竟康德都说"人是目的"嘛，于是就发了"宏愿"，一气写了五十来篇。当然，越往后写，越发现人有很多想通之处，即便到了当今这个"富足"的时代，人性中的基本困境依然一脉相承。

　　很多时候，写一本书就像搞了一场精神仪式，最初的各种目的都归结为自我安顿。这是一个满满当当的世界，丰富的物质产出让人应接不暇。这又是一个处处都是漏洞的时代，精神的补丁已无济于事。眼下的生活之外，如何活着成为一个重要命题。犹记得当初读《沧浪之水》，对于触目惊心的现实颇感精神的无力，于是提笔写道：没有人能改变大势才是真的大势。在一个平凡的早上，我反复读王阳明《传习录》中的一段文字：

> 若是者，纷纷籍籍，群起角立于天下，又不知其几家，万径千蹊，莫知所适。世之学者如入百戏之场，戏谑跳踉，聘奇斗巧，献笑争妍者，四面而竞出，前瞻后盼，应接不遑，而耳目眩瞀，精神恍惑，日夜遨游淹息其间，如病狂丧心之人，莫自知其家业之所归。

王阳明慨叹的是圣人之学日远日晦，却又似乎同今日一般无二，万径千蹊，莫知所适。我没有任何的解决路径，只好拿起平凡的笔，悦纳自己的平凡，也没有教化世人的野心，笔墨表达只是求得喧闹中的净土，于荆棘中给自己开出一条幽径，这条路只有自己可见可走。

人生意义不敢追索，一追索便觉虚无。脚下才是坚实的，可路毕竟不同。

2025.2.26